U0081395

橙黃橘綠時，才說愛

When I become Me

劉昱萱 著

【各界名家推薦】

因一次影音合作而認識筆者，在幽默熱鬧的工作氛圍下對彼此有了更進一步的了解，這也是日後成為好友的契機。

她當編輯當的出色，在ＩＧ帳號中寫下的故事更是時常讓我深思：

「原來文字的深度與溫度，能這般度化人心。」

關於自信這個課題，相信很多人還在努力修它的學分，不過我還是想對你們說以下幾句：

「真實的我們早上起床會水腫，房間不是大理石色調而是東拼西湊；無法每天吃水煮餐，肚子上有妊娠紋、屁股上有生長紋，因為太常開懷大笑可能還有魚尾紋！

不擅長與人類相處所以都跟貓講話，身材沒有伴侶正在看的Pornhub女優或男優漂亮，就是沒有那麼會讀書……這才是生活真實的樣貌。」

平常可能不覺得，但在經歷過疫情後，或許我們更能體會到：能活著，每天都是奇蹟。我們會來到這個世間，一定是有它的道理。世界上總人口數已經到達七十多億，能在那七十多億分之一的機率與她或他相遇，可能從來也不是巧合。

在名為人生的歷練中，你要為自己勇敢些。
因為我們一定也會為你挺身而出，捍衛你的無懼。

——卡你媽（人氣彩妝時尚部落客）

自信並非來自外在超越了別人，而是發自內心地理解自己、接受自己、並喜歡自己。

——POPO J（饒舌歌手）

故事最初的起點就是終點，孤寂、破碎、等待、思念、愛戀與迷惘的人生故事透過這本小說得到救贖！

——余曉怡（國際級管風琴演奏家）

推薦給愛情之海中浮沈的男男女女！

——立長（新生代樂團老王樂隊——主唱）

每個人都是缺角，砌入了另一個突角時，剛好完美。推薦給愛戀中因缺角而躑躅的你／妳。

——潔民（新生代樂團老王樂隊——Bass）

目次

有一天，當妳能為自己挺身而出，我也會為妳奮不顧身。

妳喜歡自己嗎？世界上70多億的人來人往，只有妳是最不符合幸福資格的人嗎？如果有一天妳終於成為了想像中的樣子，會過著甚麼樣的人生？變成自己羨慕的人，真的就能擁有幸福了嗎？

如此不同的我和你，羨慕著對方的人生，那一晚一起在流星下許的願望，讓截然不同的生活產生交集了。我不是自卑，我只是習慣了躲在後面，把自己縮得好小好小，這樣就不用再受傷。這樣的我，從來沒好好學會如何去勇敢地愛，從來沒想過愛需要自己先勇敢起來。

甚麼是說愛最好的時機？

是終於用我真正的樣子，去喜歡你真正樣子的時候。

獻給曾經、現在、未來沒有勇氣去愛的你，當你為自己挺身而出時，愛會讓他為你奮不顧身。

Chapter 01

「這件不好看……換這一件呢……」我隨手把剛脫下的衣服丟在地上，又拿起一件米奇T恤。

「好肥……」

「好緊……」

「……真的好醜。」

夏日的蟬聲迴響在房間，陽光透著樹影跟著外頭的風，在房間地板映照出交錯晃動的影子，空氣中有盛夏午後的陽光，還有淡淡的洗衣精香氣瀰漫在空氣中，冷氣轟隆轟隆運轉著。

星期天下午一點。

「不好看不好看！都不好看！」我狂吼一聲，像洩了氣的氣球一樣失望地跌坐在椅子上。

「巧音，妳已經照了一小時的鏡子了。不過是穿件衣服出門，有這麼難嗎？」子晴托著下巴，像隻慵懶的小貓看著手錶。

「一、二、三……哇，十幾件沒有一件喜歡嗎？」阿芋扳著手指數了數被丟在地上的那堆衣服。

子晴終於忍不住發出嬌嗔的抱怨，「巧音快點啦！我預約了兩點的下午茶，再不出發會遲到耶！妳知道那有多難預約嗎？」

我拿著一件灰色T-shirt和藍白相間條紋的Polo衫，「好嘛對不起。子晴……哪一件好？」

她大小姐的氣早就按捺不住，「都可以啦！灰色灰色那件，反正妳穿甚麼都一樣呀！我肚子好、餓，快點出發了啦！快點快點，拜託。」

肥胖臃腫的身材，我從有記憶以來就是只剩下ＸＸＬ衣服的選擇，臉上坑坑洞洞的痘疤和黝黑的膚色，不化妝、不保養，做甚麼打扮都顯得多餘且俗氣。配上天生自然捲，乾燥粗糙的一頭亂髮，再搭配這副從小形影不離的大近視眼鏡，鏡子裡的這隻醜小鴨，只能用「慘不忍睹」形容，連我本人都不忍心直視。

可悲的是，醜小鴨還會游泳，我卻連一套泳裝都不敢肖想。

「巧音，妳到底好了沒？我真的要出門了！妳再這樣我不等妳了！」子晴抹上淡玫瑰色的唇膏，噴上她的名牌香水，對我發出最後通牒。

子晴是典型從小在台北富裕家庭長大的千金，１７４公分的身高配上一雙細長白嫩的大長腿，一頭黑到自帶光圈的長直髮和會勾人的大眼睛，讓她走到哪裡都是目光焦點。我和子晴已經當了第三年的室友，毫無疑問地，她是朋友圈中的女王，一票姊妹淘裡她是最漂亮的中心，像她這種從小到大一路順遂的人生勝利組，我稱之為「上天眷顧型」美人：不必付出任何努力、不必經歷任何挫折、甚至不必理解像我這種人的煩惱，她想要甚麼就能得到甚麼。她們這種漂亮女生，怎麼會懂我連出門穿甚麼都是一種壓力呢？

能和這種上天眷顧型的美人當朋友，我很是心存感恩。像我這樣的人，她無條件接納我，即使走在一起和她如此不相配，她依然沒嫌過我半句。漂亮的女生，就連心地都如此善良。

「唉……我想還是算了。子晴、阿芋，妳們自己去吧。」我站在鏡子前宣告放棄，今天還是在宿舍當個宅女舒舒服服度日就好。

「巧音！不要這樣，要有自信一點！我覺得妳身上現在這件也很好啊！」個性海派的阿芋拍拍我的肩膀，試圖安慰。

「我今天特別醜，不宜出門啦。」我看著鏡子裡的自己，臉頰肉又多長了一圈，多看一秒都是殘忍。

「哪有這回事，俗話說，人有自信走起路來都有風！我們打起精神來！」阿芋撿起散亂在地板的衣服，陪著我在鏡子前打點。

我心裡很明白，我的這些漂亮好友們只是想要安慰我。我自己長什麼樣子，難道會不知道嗎？

從小，身材擁腫的我就常常被班上同學奚落嘲笑，到了青春期後，班上的男生換座位甚至會故意選離我遠一點的，還會幫我取各種難聽的綽號，私下笑我是母豬、肥婆、醜八怪。我是長得不好看，他們說得也沒錯，但不代表我的心不會受傷啊！漸漸的，我越來越自卑，只敢和女生當朋友，至少女生不會當面口出惡言，背地裡怎麼說我，反正我沒聽到就好。

在阿芋精心挑選下，這是我最後勉強的成果：XXL牛仔褲搭配粉紅色橫紋POLO衫。

走在兩個美女之間，我硬生生拖垮了顏值水準。我們腳步加快地前往信義區的下午茶咖啡廳，突然子晴被一旁的時尚品牌櫥窗吸住目光。

「啊！這款露背洋裝！我找類似的找了好久喔！欸，我要進去逛逛！」

我看看手錶：「可是……離預約時間只剩十分鐘耶，會不會來不及？」

子晴沒等我把話說完，便拉著阿芋進去：「唉唷，逛一下下而已，會花多久時間呀？拜託嘛，陪我逛一下。」我嘆口氣，剛才是誰一直嘟噥下午茶會遲到？但女王要逛，誰敢說不？只好百般無奈地跟上腳步。

子晴拿著那件露背洋裝在全身鏡前比劃，我意興闌珊地在一旁看著鏡子裡的她。

「怎麼樣？性感嗎？不知道阿佑會不會喜歡？」

阿芋相當捧場，「阿佑那個色鬼，辣妹女友穿甚麼都愛不釋手吧？」

子晴很滿意阿芋的回答，於是轉身面向我：「巧音怎麼樣？好看嗎好看嗎？」

「好看啊，而且這件衣服大概只有妳的身材能撐得起來！我這輩子應該都沒機會穿這種衣服！阿佑一定會很喜歡。」

阿佑是子晴大一開始交往的男朋友，資工系會長、排球校隊的隊長。黝黑的皮膚和理得短短的頭髮，搭配燦爛的大男孩笑容，標準得陽光男孩。我只見過阿佑兩次，但每一次看到他注視子晴的眼神，我都覺得那是愛情最完美的模樣。

「好！就是它了！結帳去。」子晴心滿意足地帶著洋裝走向結帳台。

「這麼快就決定要買了嗎？不用試穿嗎？」我問。

阿芋在一旁回答我的問題：「子晴購物都是這樣的啦，反正她的身材沒有駕馭不了的衣服，鏡子比一比三分鐘就解決了，真羨慕齁。」

子晴搖搖手，「妳們太誇張了啦！反正就是挑件衣服囉，能有多難？」

等待子晴結帳的時候，聽到她和負責結帳的帥哥店員同時爆出一陣笑聲，互相交換了對方的手機，隨後她便曖昧地揮手，提著戰利品離開櫃台。

「妳認識他啊？完全是天菜等級耶？怎麼聽你說過？」阿芋湊上去問出我好奇的問題。

子晴聳肩：「不認識啦，他剛剛問我能不能交個朋友認識一下，我就答應囉！反正多認識一個帥哥沒有壞處嘛！」

「……真的好羨慕子晴妳喔，長得漂亮，做甚麼事情都順順利利的！我從來沒被主動搭訕過，更別說帥哥了！」我嘟噥。

「我也是會有煩惱的！帥哥認識多就膩了啦，再說，男朋友還不是只能交一個！」子晴得意洋洋地提著戰利品出去，好像已經將下午茶的行程拋諸腦後。

我們站在行人馬路口等待紅燈，突然迎來兩位男模，手上拿著最新的保養品試用包，「哈囉美女們，想體驗看看最新的保濕精華嗎？」

這個起手式，一聽就知道我沒有被包含在裏頭。

他們非常順手地發給阿芋和子晴，四個人聊得熱絡，我故意擠在男模旁，試圖刷一點存在感。不跟我說話，好歹也讓我拿個免費試用包嘛……。

這時有人拍拍我的右肩，「小姐，不好意思……」是男生的聲音。

我馬上堆起笑容回過頭：「是！怎麼了嗎？」我看見一個矮矮的中年男子站在身後，露出不情願的笑容。

「如果有時間，幫我填寫問卷好嗎？」

我低頭看著被硬塞在手中的問卷，女性打線上遊戲的習慣調查。

唉，子晴和阿芋和男模正聊得開心，為什麼我只有這種搭訕呢？

這不公平阿！這個世界對我太不公平了……

我站在路邊看著她們，不停在心中困惑，為什麼只有我長的特別醜？為什麼我沒有資格被搭訕？為什麼我連出門都得找一件穿起來「不那麼醜」的衣服？我是不是這輩子注定永遠自己一個人了？

神哪，我才不管美女會不會有煩惱，只要一天也好，請把我變成大美女吧！

※

李烈鈞看了看手錶，還剩兩分鐘。再兩分鐘又要展開一場幼稚的追逐戰了。

他偷偷把講義收進背包，壓低身子準備偷溜，屁股才一離開椅子，看似沒在注意的教授故意咳了幾聲：「咳……李烈鈞，想溜去哪。還有兩分鐘，乖乖坐下。」

可惡！這個教授就是不放過我！李烈鈞無奈地坐回位子，心中一陣煩躁。

秒針答答地走，這兩分鐘他可是度秒如年，雖然早該習以為常，但最近那些女生們的功力又大幅增加了，搞得他心神不寧的。

特別是今天的教室在最後一間，離最近的樓梯少說也有兩三間教室的距離。

「兄弟，不要說我不夠意思，眼鏡借你偽裝一下。」六年好友大木摘下眼鏡，悄悄跟他說。

他接過眼鏡，「靠……又不是柯南，戴個眼鏡就看不出來我是李烈鈞嗎？」

「……唉唷，放心啦，我們不會棄你不顧的。那簡直是場災難。」

大木拍拍他的肩膀，天成肯定地點頭。

「三秒……二秒……一秒……」

鐘聲噹噹噹噹地響起，李烈鈞及其他三個大男生迅速抓起背包，李烈鈞站在中間，大木、天成和阿佑則負責前後兩旁。

這是每天必做的事情，也是每回逃難的隊形。

他們走在走廊上，下課的學生正常地談天走路，一切再也平常不過。

「奇怪了……」李烈鈞納悶，雖然是好事一件……但有點反常阿！

他抬頭看了走在自己前面的大木的背影，「大木……」

「怎樣？」大木是個稱職的好友兼保鏢，隨時都戰戰兢兢的。

「你最近是不是長高又變壯了阿？」

大木從國中開始就一直是班上最高的男生，身材相當魁梧，「你有190公分了吧？」

他先嗯了好長一聲，「應該有吧……很久沒量身高了。」

「等等……說不定這就是原因阿！」

「原因？你是指今天瘋婆們沒出現的原因？」

李烈鈞好久沒這麼自在地走路了，他一派悠哉地把手插在口袋裡頭，「是阿，都要感謝你魁梧的身材。因為大木，把在中間的我擋住了，她們可能以為我今天翹課。真僥倖哈哈！」

大木點點頭，又猶豫了一下，「不對阿……不看正面看背影也可以阿……今天誰在後面？」

「喂，我也有183阿！！幹嘛這樣……」阿佑不滿地叫道，「不過，李烈鈞有187啊……整整多了4公分。好像不妙……」

阿佑話才剛說出口，大難臨頭的女生咆哮聲便轟動走廊，「李！烈！鈞！」

大家臉色一變，「死定！快逃！」四個大男生跑起來，瘋狂的尖叫和告白李烈鈞已經聽了好幾年，現在一聽到就倒胃。咆哮聲結束後，隨之而來的是高分貝的女性尖叫聲與震撼的跑步聲。

「天啊，我真的想不透，喜歡你的人都是瘋婆子嗎？甚麼年代了還用這招？」負責右邊的天成跑著，乍看是問句，其實是名副其實的肯定句。

李烈鈞輕鬆地跑著，每天這樣鍛鍊想不輕鬆也難。「我哪知道啊……恐怖死了。根本一堆瘋婆子……唉唷……！」

跑在自己前的大木忽然止住腳步，整個隊伍瞬間撞成一團，左邊的天成衝過了頭，李烈鈞則撞上大木魁梧的背部，「……唉唷！」在李烈鈞後的阿佑又接著撞上李烈鈞，儼然是一場連環車禍。

「幹嘛停下來啦！」李烈鈞揉揉自己發疼的額頭，糟了……她們來勢洶洶阿！再不跑就倒楣了！

「大木！大木！大木？」跑過頭的天成回過頭，尋找自己的同伴。只見大木傻愣愣地站在原地，面前站著一位抱著書本的女孩，「嗨……嗨，甜甜。」

李烈鈞不用想也知道怎麼回事了，甜甜是大木從大一就暗戀到現在的中文系女生。這下完了，等著被求愛瘋婆們活逮了，他心感嘆。

「怎麼半路殺出個甜甜啊……後面要追來了啦，煩死了……」阿佑在後頭咕噥，後頭的瘋婆來勢洶洶，加快腳步地跑著，把地板震的轟隆轟隆。

李烈鈞有著深遂的雙眼，高挺的鼻樑，小麥古銅色的肌膚，好聽的聲音甚至曾經被邀請去當電台DJ。187公分高、一雙偶像級的長腿，寬厚的肩膀與倒三角型的身材，熱愛打排球和各種運動的他，身上一絲贅肉都沒有，該有的肌肉一點也不缺從正面、背影看都無可挑剔。

因此在這個勇敢求愛的世代裡，學校仰慕他的眾多女大生們組了個求愛兵團，彼此有著亦敵亦友的利害關係。

而李烈鈞從求愛兵團成立的那天起，再也沒有好日子過了。

從前的單槍匹馬消失了，轉而成為一個龐大的女性團體，團體的力量來的實在太過強大，導致李烈鈞的死黨們也必須擬出個對策，因此有了今天的激戰。

每天下課幾乎上演的女追男大戰。

「嗨，大木。剛下課嗎？」

講重點，甜甜請講重點！……李烈鈞知道自己剝奪好友太多時間與把妹的權利，也不好意思打斷大木，只能在心裡不停祈禱。

人高馬大的大木竟然漲紅了臉，「嗯……嗯啊，妳也……也剛下課啊？」

甜甜笑了笑，說：「是啊。對了，大木……我想……找……找……」

「找什麼？」天成受不了這對男女之間的吞吞吐吐，直截了當地替大木答話。

「我想找……李烈鈞……去看電影……你可以幫我約他嗎？」

「老天爺啊……」阿佑忍不住翻白眼，沒忍住這句。

李烈鈞尷尬到胃痛，忍不住想立即消失在世界上，後方的尖叫讓他煩躁到不行。「李、烈、鈞！我們有話跟你說……！」

瘋婆兵團的聲音越來越接近，阿佑死守後方位置，「阿鈞，一個甜甜總比一群瘋婆好對付，不要想不開自投羅網啊！」硬是將已經轉身做好逃跑姿勢的李烈鈞扳正。

李烈鈞還能做甚麼呢？這時候也只好尷尬裝傻了，「甜甜，嗨。妳找……找我啊？」他從大木背後探出頭。

甜甜看到李烈鈞，害羞得滿臉通紅。「嗯……嗯！想約你一起去看電影……如果不方便，吃飯也行……」

「可是我球隊滿忙的耶！下次好了……啊！妳找大木，對……大木他很愛看電影又很愛吃飯，對不對大木！」

大木始終低著頭不說話，拳頭握著好緊，終於憤憤不平怒吼：「幹！她喜歡的人又不是我！大家都喜歡你就好了！都給你！」大木頭也不回的離開，連看李烈鈞一眼都不可，留下百般無奈的李烈鈞深嘆一口氣。

「我也很無奈啊……」他垂下肩膀，滿眼哀怨地看著甜甜。

「先別急著怪自己了……我們先逃回房間再說吧！」天成拍拍他的肩，三個男孩隨即以迅雷不及掩耳的速度向男宿跑去。

李烈鈞站在衣櫃前，對著鏡子認真端詳了好一會兒，「喂，阿佑，我到底是哪裡吸引那些瘋婆子？」

「你是真的不知道還是裝的？就憑你那張帥死人的臉蛋。」

「帥？我到底哪裡帥？一雙眼睛一個鼻子一張嘴，跟大家都一樣。她們眼睛有問題嗎？我實在不明白甚麼叫帥。而且她們根本不認識我，就瘋成這樣也太神經了。」

剛認識李烈鈞時，阿佑還以為他是個超級做作，得了便宜還賣乖的那種自大狂，但相處下來發現這個傢伙可能是真心不懂自己的帥，因為他從不利用自己的帥來獲得半點好處，反而還為此相當困擾。

認識他三年的阿佑話都還沒說出口，李烈鈞的手機便響了起來。

「不會又是你爸媽打來的吧？」

李烈鈞無奈點頭，「喂？媽，又怎麼了？」

「我到底怎麼會生出你這種到處拈花惹草的兒子？那些女生到底是怎麼知道家裡地址的！老是寄一些莫名其妙的禮物來，別說我們兩老，郵差都受不了啦！你又不是韓國偶像，別整天給我搞這些有的沒的！聽到沒！」

「媽……」他翻了個白眼，「我也覺得莫名其妙啊！」

「我看你趕快去交個女朋友，把這些桃花都斷一斷，台北不是有很多月老廟嗎？你找天去求個好姻緣，省得我跟你爸瞎操心。」在老媽話匣子打開前，李烈鈞隨即敷衍，「好啦好啦，那些禮物你就請郵差退回去吧。不說了，掰掰！」

李烈鈞從小到大女人緣特別好，總有一堆女生用盡辦法想接近他，博得他的注意，進入青春期後更不用說，入學第一天全校的學姐都在討論他，收過的禮物和情書數不完。可是他一點都不得意，他用功讀書、努力練排球，只想專注在自己有興趣的事情上，到頭來卻沒有人把他的努力看在眼裡，大家只會稱讚他長得好帥，而這是他唯一沒有付出努力的事情。

「唉……」他把手機丟在桌上，「好煩。」

「還是有一卡車的禮物送到家阿？每天耶！你可以去申請金氏紀錄了。一年收到最多禮物的男人。好羨慕你啊！」阿佑說。

李烈鈞爬上床，全身充滿無力，「少虧我了。那些女生就為了我這張臉？實在太膚淺了。」

「你才知道！女人口口聲聲說我們男人只會用下半身思考，用眼睛挑伴侶，自己還不是看到帥哥就黏上去，女人啊，不只膚淺還要假清高……」手機震動打斷阿佑的高談闊論，「抱歉，我接個電話。」

他翻了身，看著阿佑接起電話瞬間變了一個人，「哎啊，親愛的寶貝在幹嘛呀？我沒有在幹嘛啊，我在想妳啊……哈哈哈哈！」

李烈鈞跟天成互看一眼，心想真該把阿佑剛才那番話錄下來放給他的女神女友聽聽看。

這就是李烈鈞的日常，不懂為什麼自己長的這麼帥，不明白長得帥對人生有甚麼幫助。

「神哪，快把我變醜好不好！煩死了！」他蓋上棉被，悶吼了一聲。

Chapter 02

「巧音，明天晚上在大稻埕碼頭有煙火大會，一起去好不好？」

我剛從浴室洗完澡回到房間，子晴剛好講完電話，跑來勾住我的手提出邀約。

「妳不是應該跟阿佑一起嗎？我才不要去當電燈泡呢！更何況我這個電燈泡還長得不好看。」

「想這麼多幹嘛？阿芋和隔壁的采妮也會去啊！」

「咦？難得阿芋想去這種活動？」阿芋丟下書本，「幹嘛，我不能看煙火嗎？搞不好我還能來場浪漫的邂逅啊！」

煙火大會阿，光用想的就知道，一定到處都是雙雙對對的情侶……這種的場合我去湊甚麼熱鬧啊？我嘆了一口氣，把目光轉回到筆電螢幕前，不久前在ｐｔｔ上認識的奇葩網友上線了。

對方因為在男女版上發了一篇「我真的不想當帥哥」的文章，引起廣大的討論與迴響。

作者|Notyourprince（我不是帥哥）

〔求解〕我真的不想當帥哥！

大家好，雖然不想老王賣瓜，但根據客觀的判斷標準，我應該是個帥哥。

你們一定以為當帥哥很好，我告訴你，事實上是一點都不好！

你能想像每天被一堆不認識的女生纏著，連對方叫甚麼名字都不知道，她已經準備跟你告白。每次發生這種事情，還得苦惱該怎麼拒絕才不會傷到她們的心。重點是，你不管準備多合理的說詞，她們總是會傷心得像是你已經劈腿一樣。莫名其妙！

都已經不住在家裡了，每天還是有不認識的人寄來的禮物和巧克力，不只我爸媽困擾，連負責我們小區的郵差大叔都忍不住碎念了幾句。

帥到教授沒事就拿我的長相偷酸，我除了無奈還是無奈；每次出去都要靠好朋友幫忙掩護，才能安然渡過難關。

大家說，人生已經這麼困難了，當帥哥已經比別人幸運了，我要鄭重澄清：帥哥等於福利多，根本大錯特錯！

在公車上曾經被歐巴桑們公然摸了屁股一把；早餐店的阿姨每次找我錢老是抓著我的手不放；走在路上就會有不認識的女生過來搭訕，動不動就把身體貼過來，路人卻以為我吃很開。別以為長得帥感情路就走得順遂，事實上我連一個女孩子的手都沒有牽過。甚至我還有點害怕女生了。

你們聽完還會想說「當帥哥真好」嗎？帥真的不是大家想像中這麼好的事！

有沒有人可以教我怎麼變醜？我願意請你吃一頓大餐！

我真的非常非常厭倦這樣的生活，我不、想、當、帥、哥！！

我第一次看見這篇文章，簡直不敢相信我的眼睛，馬上丟了水球過去給這位ＩＤ名為「我不是帥哥」的人。姑且不論他是不是真如他所言一樣帥，我對他的心境非常感興趣。因為我怎麼樣都無法理解，怎麼會有人想變醜呢？不可理喻！也許是躲在螢幕後面帶給了我極大的安全感，我開始每天和他在網路上聊天，我特地辦了一個新的聊天帳號，放上青蛙公主的可愛繪圖當作大頭貼，他則是放上胖虎的圖片。彼此不公開真面目，不受外在干擾，我們的友誼始終保持在神祕又坦然的狀態。

我丟了訊息給他：**好煩惱，明天晚上硬是被朋友拖出去當電燈泡**。

我不是帥哥：哈哈哈，要去哪裡呢？

李烈鈞的訊息列表總是有數不清的對話框跳出通知，唯一令他感興趣的是那天在ＰＴＴ上認識的青蛙公主。這個青蛙公主跟其他女孩子不太相同。

其他打他主意的女孩子不是殷勤地想探詢他的長相，就是直接丟了性感照片過來，令他備感困擾。然而這個青蛙公主第一句就告訴他：我很羨慕你這種生活！就算被騷擾也是甜蜜的煩惱！青蛙公主說自己長的不好看，李烈鈞雖然無法確定這是不是她的手段之一，但至少她勇於坦白。

李烈鈞暫且關掉多餘的對話框，只留下青蛙公主的。

阿佑擦拭著新買的單眼相機，「阿鈞，明天晚上一起去看煙火吧！剛好可以測試一下新相機！」

「測試新相機？你不是要跟子晴去嗎？拍子晴跟煙火就夠了啦。」

以他的處境，能不出去就不出去。他最討厭出去人擠人了。

他從椅子跳下，站到李烈鈞旁邊，「看這裡！」喀擦一聲，「幹嘛拍我……」

阿佑將剛剛拍的照片放到李烈鈞面前，「諾，你看，就連吃驚的樣子都這麼帥氣。」

「所以？」傻呼呼的樣子哪裡帥氣?要說世界上最愛稱讚他帥的人，阿佑絕對是榜上有名。

「放到臉書打卡李烈鈞和子晴，我的讚數一定創新高。」

李烈鈞冷哼一聲，「為了讚數竟然打算把我拖出去。」

「是朋友就幫我一個忙啦！我那天和子晴打賭，等我讚數比她高，她就考慮嫁給我！攸關我的人生大事，就當作你的回報啦！」阿佑不自覺娘化地黏到了李烈鈞身上，在他背上摩蹭。

「你們真的很無聊，打這甚麼賭。」

「快別這樣說，一起去玩一下嘛！聽說今年煙火很盛大，而且子晴也會帶朋友去，搞不好你能找到真命天女唷。」

「……好啦好啦，我去就是了。你快點從我身上滾開啦！真是的。」

他真的受不了這麼無聊的朋友，但誰叫阿佑是他從住進宿舍第一天就一拍即合的好朋友，不管是生活、還是球隊都和他玩在一塊，看在他每天下課當貼身保鑣的份上，偶爾陪陪他也是應該的回報。

李烈鈞將視線移回電腦前，看見青蛙公主剛傳來的四個字，打醒了他的腦袋。

青蛙公主 說：煙火大會

李烈鈞連忙鍵入，「這麼說我們有機會見面了。」

雖然對方可是一開始就先警告過他，自己是其貌不揚的青蛙公主，李烈鈞依然忍不住地期待，畢竟這是他在唯一信任的異性朋友，甚至可以說是唯一一個異性朋友。

他回過頭看著擦拭鏡頭的阿佑，「阿佑，我找到明天想去的理由了。」

我不敢相信地揉揉自己的眼睛，他說，他是說，我們有機會見面了嗎？意思是他明天也會去煙火大會上出現嗎？我終於有機會親眼看看這位因為長得帥感到困擾的男子，到底是不是真如他所言是個超級大帥哥嗎？

他會不會不想見我呢？會不會一見到我這種恐龍妹，他就翻臉不認人呢？

我再三替他打預防針，輸入，送出訊息。

青蛙公主說：不是我要嚇唬你，我長的不是普通醜喔！你確定我們要見面嗎？

我不是帥哥 說：不怕，我倒是很好奇哈哈！不如妳把妳的電話給我吧，明天我會聯絡妳，再約個地方見面如何？

天啊！他在跟我要電話嗎？煙火大會還沒開始，我內心已經放了一百萬發煙火慶祝這一刻，除了被當作大冒險懲罰以外，從來沒有男生主動跟我要電話。

青蛙公主說：那……你的也給我。

李烈鈞心想，她未免也太謹慎了，以為我是詐騙集團嗎？還是他問的時機點不對，讓她誤以為這是對她有意思？

「算了算了，應該不會這麼雷吧！」他咕噥，把電話索性給她，應該也不會有什麼問題。輸入，送出訊息。

我不是帥哥 說：沒問題。我們明天見。

和不想當帥哥交換了電話號碼後，彼此道晚安後就關機了，不知不覺竟然已經十二點了，我看著窗外夜空少數發光的星星，「神哪我希望，他是個好人。他會是那個不一樣的人嗎……？」不知道為什麼我總有預感，老天會安排我們相遇，一定對我的生命有很重大的意義。

李烈鈞躺上床，心情很興奮，竟然對神祕的青蛙公主有了想像，她會不會就是那個特別的女孩呢？

他合掌，「神哪我希望……這個青蛙公主跟那些膚淺的女孩都不一樣。」

一顆流星自夜空劃過。

Chapter 03

上來台北後我最不能習慣的，就是台北膩熱濕黏的天氣，老是下雨的梅雨季，讓晴朗藍天成為格外難得的好天氣，幸運的是看煙火這天晴空萬里。從昨晚和我不是帥哥約好見面後，老實說整晚都沒睡著，與其說是興奮，不如說是期待夾雜著許多緊張忐忑。

早上和阿芋一起吃早餐，我忍不住複習起和他的訊息紀錄，這是第一次有男生和我約定好要見面，說是自作多情也好，說是花癡也好，總而言之對我來說就是第一次降臨在我身上千載難逢的機會。

阿芋不愧眼尖，投直球打斷我的花癡夢：「我看妳下午就去大稻埕晃一晃吧。」

我恍然從訊息裡驚醒，「啊？啊？為什麼？」

她咬了一大口香雞蛋堡，似笑非笑地挑眉，「聽說大稻埕的霞海城隍廟月老很靈驗喔！」

「我……我又不需要，戀愛這種事情離我太遙遠了啦！不敢想不敢想……」我擺擺手，手機已經默默在Google Map搜尋霞海城隍廟。

阿芋翻找出錢包，拿出一個小袋裏頭裝著紅線，「這個是我不久前求來的，結果最近真的遇到不錯的對象喔！嘿嘿嘿！」

「真的假的？誰啊？」

「才不跟妳說。反正妳自己去求，親身體驗才知道靈不靈驗啦。」

下午沒課的空檔，我循著Google Map的引導，在熱鬧的永樂市場與迪化街附近，來到霞海城隍廟。不愧是遠近馳名香火鼎盛的廟，觀光客絡繹不絕，身邊有各種說日語、韓語和英語的女孩們，都只為求得一個好姻緣而相聚在裊裊纏繞的香爐前。

「妹妹，妳也是要來求姻緣嗎？對，就是妳，福氣福氣的這位。」當我在茫茫人海中找尋參拜方式時，坐在一旁板凳的阿姨出聲叫我。

「某……某啦，我沒有要談戀愛啦。沒人喜歡醜妹啦！」我不好意思讓她知道我的意圖，正準備倉皇逃離時，熱情的阿姨站起來攔住我。

「唉唷，沒這款代誌啦！妳這不叫胖，叫做福氣相，災某？一定會找到好姻緣的啦！」見我躊躇不前，阿姨索性拉著我往廟裡走。

「某要緊，都來了當然要拜一下！妳看看，多少人特地飛過來拜拜啊！我們月老爺很靈驗的，不管男女老少，圓的方的胖的瘦的，只要單身的有拜有保庇！來，我跟妳說……」阿姨帶領我到廟的右方，突然廟公朝她一喊，「滿姨！稍等咧，這裡有一個帥哥也不知道怎麼參拜，哩鬥陣湊會說啦，我太忙啦！」

我順著滿姨的目光看過去，不看還好，一看簡直驚為天人！廟公不是開玩笑的，他真的是個不折不扣的大、帥、哥！這種人來拜月老嗎？他根本不需要！

不只我高興，滿姨更是樂不可支，馬上招呼帥哥過來，那位男模等級的帥哥就這樣面有羞赧的走來，「來啦來啦，帥哥也要請月老保庇！現在我跟你們說齁，等一下你們先……」

儘管滿姨介紹的很起勁，我卻怎麼樣都聽不進去，光是站在這樣一個男子身邊我都緊張得發汗，他會不會覺得很困擾呢？滿姨介紹得口沫橫飛，「……這樣知某？現在你們可以開始拜了，記得心誠則靈齁，月老一定會盡力幫忙啦！」

滿姨介紹完馬上去招呼下一組香客，我還在猶豫要不要主動搭會，帥哥已經移動腳步，我只好默默地跟上他，因為剛才那串參拜順序我根本沒聽進耳裡，只能在後面偷偷模仿他的順序。我跟著他到櫃檯領取貢品和紅線，小心翼翼地點香，閉上眼在心中默念心願，但我還是忍不住睜開眼偷看隔壁的他，他只是靜靜地持香，幾秒後拜了拜。他的側臉很好看，認真的神情讓人忍不住想多看幾眼，好想知道他跟月老說了什麼。

「月老爺，希望能讓我遇到一個不在意我外表，真正愛我的男人。」我喃喃自語，睜開眼後正準備跟隨帥哥的下一步，卻發現他已經消失了！

什麼嘛……原本還以為會是一場在月老廟開啟的浪漫邂逅，結果是癡人說夢。

「也是……就憑我，在想甚麼呢。」我為自己愚蠢的期待感到荒謬，不小心笑了出來。

我乖乖地照著廟的動線與順序參拜完，走到外頭的天公爐，正巧看見帥哥在插香，手裡握著紅線繞香爐。

那種失而復得的驚喜感都還來不及在心中爆發，要轉身離開的他已經被好幾個看起來像日本觀光客的女孩搭訕了。

我擠進天公爐前的人群，插香完成所有的參拜儀式，連忙拿著紅線也跟著繞香爐三圈，眼珠子還跟著帥哥與櫻花妹們，人帥真好，幹嘛還來月老廟佔名額啊，哼！

他目光一撇，與我的眼神對上，我連忙收起紅線，像是偷看漂亮女生的小男生被抓包一般，夾著尾巴逃跑。

這就是有緣無份吧，月老爺再怎麼神通廣大好了，我這種人的等級和那個帥哥一定也是天差地遠，就算是月老也沒辦法蒙著眼把我們倆湊成對，績效太難看。我將求來的紅線收進錢包，既然這輩子注定無法靠外表吸引別人，緣分是我唯一的希望了。

※

離煙火施放還有一小時，晚上的河濱公園已擠滿了人，攤販隨著人潮而落腳，各種小吃的香味四溢，比起煙火我更想流連在這一區啊！

子晴她們走在人群中好像自備聚光燈，跟在她們後面不必人擠人，大家都會自動讓出一條路給我們。就連剛才買章魚燒，老闆還好意地多送了一盒給我們，一盒不是一顆耶！太扯了，這就是身為美女的福利嗎？

我們在擠滿人的大草地上找到一塊空地席地而坐，餓了一下午的我忍不住先大嗑雞排。環顧四週都是情侶成雙成對，貪吃的胖子顯得突兀。

「阿佑，這邊！」她高舉雙手揮舞著，阿佑跟一群男孩走了過來。當他們越走越近，我一眼認出其中一位，竟然是下午在月老廟的帥哥！！這不是緣分，甚麼才叫緣分？我已經默默在心中放起花癡煙火。

「子晴，這是我的好兄弟阿鈞！總算介紹你們見面了！」阿佑向子晴介紹這位大帥哥，原來他是子晴男友的好朋友啊！

子晴客套的看著李烈鈞，他也始終掛著官方微笑，「嗨，終於見到阿佑的女神了。」

「嗨。」

儘管子晴她們一票美女已經和男孩們互相自我介紹起來，我還是沉浸在第二次的驚喜感之中，李烈鈞，一聽就是帥哥的名字。他應該還記得我吧？他會和我打招呼嗎？他認得出我嗎？誰來捏我大腿一把，這真的不是夢嗎？下午在月老廟短暫邂逅，有緣無份的大帥哥，不到三小時竟然又出現在我面前了！我長這麼大，他是我人生中遇過最高等級的帥哥，如果是子晴她們還情有可原，不過像我這種醜小鴨，他的出現就像汪洋中的浮木一樣。

男孩們和子晴的美女朋友聊天聊得起勁，這種被晾在一旁的場景我習慣了，我沒有膽子向男生們主動介紹我自己，沒有漂亮臉蛋、沒有好身材、沒有甜美嗓音，不只沒有膽子，更沒有資格。通常這時候我會識相地離開，我多嗑了一口雞排，企圖再去買一塊，子晴抓住我的手腕，將我一把拉了回去，我死命低著頭，「她是我室友藍巧音。喂巧音，好歹跟人家打招呼吧。」

我稍稍抬起頭，什麼嘛……其他男生眼裡早就沒有我，跟采妮她們正在交換臉書，根本無視於我的存在。除了始終帶著官方微笑的李烈鈞，向我點了個頭。

看來他是不記得我了吧，或是根本不想承認。

眼看連子晴即將黏回阿佑身旁，剩下我跟李烈鈞兩人面面相覷，子晴的美女幫朋友也蠢蠢欲動黏到李烈鈞身旁，我馬上靈機一動開脫。

「啊！子晴，我忽然想到和朋友有約……」

「朋友？妳的朋友不就是我們嗎？」她是真的訝異，這種不可置信的表情還有點傷人。

「我……我也是有其她朋友啦。剛好在這附近。」

想不到那位「我不是帥哥」竟成了幫助我脫離這種困境的救星。即使我還在猶豫是不是該見面，雖然已經預告過我很醜，他也說不介意了，但我肯定還是會讓他失望的。何必把自己推入痛苦的深淵？何必破壞這種神祕的友好關係？

子晴聳肩，「喔，好吧，妳自己慢慢玩囉。我們先去逛逛囉……掰掰。」她慣性地擺出招牌微笑，臨走前不忘對李烈鈞說了再見。

真是奇怪了，這個李烈鈞如果是正常男人，就應該會有所反應阿！怎麼眼前這傢伙像個木頭人一樣？難道說子晴的美豔遇上這麼高級的帥哥，也無用武之地嗎？

子晴不一會兒就和阿佑跑的不見蹤影，李烈鈞和我待在原地乾瞪眼。

「……咳，我也跟我朋友約好了。那…祝妳玩得開心喔，再見。」他從口袋裡拿出手機，開始輸入訊息，是想要假裝自己很忙的戲碼嗎？看來他連下午的巧遇都不想提。我還愣在原地，他突然抬起頭看著我，「……怎麼了嗎？」

「沒……沒有！」我的聲音細細的，小聲到只有我自己聽的到。他敷衍地點點頭，將視線又放回手機上頭，他是真的很想用這戲碼打發掉我是吧。

「沒事就好，那我先走囉。再見。」

「掰掰。」

他的背影漸漸遠離，我才知道原來有他的出現了並不代表我所嚮往的緣分也會隨之而來，他就像我生命裡所有美好事物一樣，只會經過，不會停留。

既然朋友都各自享受，而李烈鈞顯然也不願搭理我，我其實也並不打算打電話給「我不是帥哥」，那我還待在這裡做什麼？

「唉，還是回宿舍好了。待在這也只是佔了別人的位置。」而且我的一個位置大到可以容納一對情侶。

才剛吃完雞排，烤香腸的香味跟著夏日晚風陣陣飄來，「好香啊……」

簡直像被催眠一樣，我的雙腳不由自主地循著香味來源走去，既然都來了，還是先吃些東西再回去好了。

就在我的腳一步一步不聽使喚，手機響了起來。暫且恢復神智，我看了來電顯示：我不是帥哥。

怎麼辦！要接嗎？我要接嗎？

雖然腦子還在苦惱，手已經不由自主地按下通話鍵，「喂？」

手機那頭傳來一個開朗朝氣的男性嗓音，「哈囉？青蛙公主嗎？是我啦。我不是帥哥！」背景音一樣充滿了喧鬧，他現在應該也是在這附近吧。

「嗨。」

「抱歉抱歉來晚了，剛剛才和朋友們分開。妳人在哪呀？我可以去找妳會合。」

等一下，這個聲音怎麼似曾相識？

不可能，應該是我多疑了。

「我正要去……呃……買香腸吃。」話才一說完，我就後悔我的誠實。

對方沉默了一會，糟糕，我這麼說是不是太早暴露貪吃本性了？

「……好啊！那我們就在……嗯，妳要去哪攤啊？這裡有兩攤，一攤是好吃大香腸，另一攤是甜蜜蜜香腸。」

我瞇起眼睛看向招牌，應該是……「我在甜蜜蜜香腸。」

「沒問題！我就去甜蜜蜜香腸前，等會見囉！青蛙公主。」

濃烈的香味撲鼻而來，刺激我身上每個細胞，油滋滋的模樣太誘人了，受不了！我掏出錢，「老闆，來一根烤香腸！」

轉頭看了異口同聲的男孩，他也拿出一百元，竟然又是李烈鈞！

「……咦？妳是……藍巧音，對嗎？」他一臉鎮定地問我，似乎對我會出現在這裡一點也不驚訝。而且，他竟然記得我的名字！他記得！從來沒有男生會記得我的名字！

「哈……哈，好巧呀！你……也喜歡吃烤香腸嗎？」我乾笑幾聲，詞窮的程度讓人真想掌自己嘴。藍巧音，面對這種一直遇到的大帥哥，妳只能問出這種程度的問題嗎？

李烈鈞傻愣一下，隨後乾笑起來：「沒有啦，我是要買給我朋友吃的。」

老闆一手一根，「來，小姐跟先生的。」

「謝謝老闆。」

接過香噴噴的香腸，我必須馬上吃一口止住馬上要滴下來的口水！

「那我先去等我朋友囉！老話一句，祝妳玩得愉快呀！」他拿著一根香腸，往攤位的左邊走去，站在不遠處東張西望。

如果我跟著他往左邊走，就有裝熟的嫌疑，因此我選擇站在攤販的右邊等待。

五分鐘後，我將最後一口香腸吞下肚，香腸吃完了，我不是帥哥連個人影都還沒出現。

眼角餘光忍不住往左邊瞄，李烈鈞也還在那兒，不時看著手錶。看來他等的那個人也很不守時。

手機又再度響起，「我不是帥哥」打了通電話過來。

「喂？我已經在香腸攤前囉。妳在哪呢？」

我一邊聽著熟悉的嗓音，再看著正在講電話的李烈鈞。難不成……不會吧，這種事情真的有可能嗎？

「喂，你可不可以揮一下拿手機的那支手。」

三秒後，離我不遠的李烈鈞忽然拿著手機，高舉左手在空中揮舞。

我真的愣住了，世界小也不是這個樣子的阿！怎麼辦，該不該就此逃跑呢？還是這就是月老給我的提示？心中的小天使和小惡魔拉扯不出個結局，手機那頭再度提問，「有看到我嗎？」

算了，不管了！就豁出去吧！

「請問，另外一隻手拿著香腸嗎？」

「咦？妳知道嘛，那就是看到我了。妳在哪裡呀？」

我將通話按掉，緊張地往左走，越來越接近李烈鈞……直到他注意到我。

「咦，妳也還在阿？怎麼了？」

「我……你……」我支支吾吾，不敢想像接下來他的反應

他直勾勾的看著我，任何在他面前心思都要被看透。

「我就是青蛙公主啦……」我鼓起勇氣，牙一咬說出口，換來李烈鈞幾秒鐘的沉默。

完蛋了，Game Over了。

他爽朗的笑聲劃破喧囂，「哈哈哈，這世界也未免太小了吧。原來妳就是青蛙公主啊。藍巧音妳好，我不是帥哥，我叫李烈鈞。」

「你竟然記得我的名字！好感動！第一次！」好像被他的開朗感染，我逐漸放下心防，從小到大除了家人以外，很少有人記住我的名字，畢竟我是最不起眼的人嘛！

「當然啊。我們今天都見第四次面了，怎麼不記得？還是說，妳已經忘記我的名字了！」

「沒有沒有，我當然記得。對了，這香腸……」我盯著他手中的香腸，肚子又有點餓了

「啊，對，本來要請妳吃的烤香腸，妳肚子還有空間接受這份見面禮嗎？」

「當然，見面禮不收太沒禮貌了。」我接過香腸，大吃一口。形象在美食面前，算甚麼東西。

「抱歉，現在都有點冷掉了。」他無奈聳肩

「沒關係，這香腸美味到冷掉也好吃。」

「走吧我們逛一逛，看看還有甚麼想吃的。」

我們一前一後的逛著攤販，我一路買了地瓜球和豆乳雞，他越是不在乎我的食量，我越是放鬆大吃。

他笑笑地走在前面，「好神奇，我就知道妳跟別的女孩子不同。」

我停下嘴，「這是在貶低我嗎？」

他急忙否認，「不是啦……妳不要誤會！我的意思是，別的女生在我面前都很不自然，妳還是唯一一個這麼做自己的女生。跟妳說話也好，還是看妳大吃，妳都不做作。」

聽到他這番話，我突然害羞了起來，「其實我也覺得很神奇，你不介意我這樣大吃，我也

不怕你嫌棄我一樣。可能是我本來就夠糟了，也沒辦法再更糟了。」

「妳別這麼沒自信，妳知道看妳吃東西，那個食物都會變得很美味。」

「哈哈，你真的很會安慰人。」

在網路上聊天聊了這麼久，第一次見面我們就像認識很久的老朋友一樣，自在放鬆。

「李烈鈞！！！！」突然人群中傳來女生大叫，「李烈鈞，你等等我！」

「……糟了！跟著我走！快點！」我還來不及搞清楚狀況，李烈鈞就拉起我的手在人群中穿梭，他逃難前得先搞清楚，我的體型是路障等級。

隨著煙火施放時間越來越近，擠在河濱公園的人潮也越來越擁擠，李烈鈞拉著我橫衝直撞，人群幾乎都是被我撞開的，惹來不少罵聲。「啊……幹。怎麼這麼多人……根本過不去！」

「那是誰啊？怎麼回事啊？」

「我晚點再解釋。」

煙火再五分鐘就要開始了，偏偏我們跑錯方向，正好往最佳觀賞角度的地方跑去，人山人海萬頭竄動，連走路都是問題。過不去是我的問題。如果他能混進人群中，對他反而有利。

「喂，你自己走好了！」

「李烈鈞！！你別跑啊！！！！」那些女生也不是省油的燈，就算周遭這麼吵雜都還是聽得到她們的呼喊，這到底是怎麼回事？太瘋癲了。

「怎麼辦……她們好像追來了。」

「沒關係，不用怕。」人群之中，他把我的手握的更用力。

他在那篇「我真的不想當帥哥」的文章裡提到，他連女孩子的手都沒牽過，如果他說的都是真的，這麼說……我就是第一個跟他牽手的女孩嗎！

雖然他身陷水深火熱之中，我還在為此小確幸很不道德，但心中耍個小花癡不過份吧。

那幫女生同樣擠進人群，我跟李烈鈞被逮個正著，無處可逃。

「呼……李烈鈞！你幹嘛見到我們就跑！」

「妳們這樣死纏爛打我還不跑嗎？很可怕耶！」

「喜歡你嘛！我們只是想認識你呀。」

「她是誰啊？」其中一個女孩面露高傲打量了我全身上下，鄙視地指著我。

李烈鈞一時回答不出來，就在我準備開口之前，他突然張大眼睛開口了。

「她喔，她是……她是……啊，是我的女朋友！對！女朋友！」

女朋友？

我面露驚愕，那群女孩倒是不太意外。

「哈哈哈，這絕對是說謊。這種貨色不可能。李烈鈞，你也太小看我們了吧。」

「為……為什麼不可能？」眼看說謊不打草稿的胡說八道就要被拆穿，李烈鈞不服氣地反駁。

「她耶！要身材沒身材、要臉蛋沒臉蛋，你不要隨便找個恐龍妹就想打發我們！」

雖然她說的都是事實，但被當面指著鼻子批評一番，我的自卑感再度湧現，我頭越來越低，只想逃開。

「騙妳們幹嘛？我就是喜歡這樣的女生。」他將我們牽著的手舉起，「妳們自己看嘛。」

那些女孩倒抽一口氣，「……不可能，你的眼光不可能這麼差了！就算是好朋友也能牽手啊。你證明她是你女友啊。」

「我為什麼要證明我們是情侶。」他越講越心虛，但手還是沒放開。

「你不證明我們就不會放棄。不然你們就接吻嘛。是情侶接個吻沒甚麼吧？我不相信這臉你親得下去！」

此時此刻我只想挖個地洞鑽下去，太羞辱了。

「……親就親啊。」他倔強地說，只盯著我卻遲遲無法動彈。我全身僵硬，不知道該如何面對這種情況。

「……親啊。快親啊。」她一副勝券在握的模樣，看準我們就是造假情侶。

「好……我，我真的要親了喔！」他講這麼大聲，給自己打強心針，也給我作心理準備的時間。

但我要怎麼心理準備呀！活到這麼大從來沒有男生離我這麼近過……我的思緒還在爆炸混亂時，李烈鈞的唇溫柔地落上，就在那短短一瞬間，他的呼吸我能聽的一清二楚，甚至感受到他的氣息。

大概只維持了兩秒後，他的嘴唇離開，我的臉頰依然高溫，還有持續上升的跡象。

「看吧親了，就說我們是情侶。……從今以後不要再煩我了。」

女孩目瞪口呆，氣到跳腳。

「我真的不敢相信！你眼光真的好差！難怪我們這種漂亮女生你都不要！太難以理解了！太失望了！」

「……我就是喜歡她！怎麼樣？我就是覺得她比妳們都漂亮一萬倍。相不相信隨便你們，不要再煩我就是了。」

他將那些臉色鐵青的女孩們打發掉，我的臉還在發燙狀態，心跳不停加速，說不出任何一句話。

她們憤憤離開，李烈鈞才低下頭，看見我們還牽著的手，連忙鬆開，急著賠罪。

「啊……真的很對不起！藍巧音！」

「沒關係啦……該說抱歉的是我，剛剛吃完香腸嘴都還沒擦乾淨，應該很噁心吧……」

「不會，沒事。是我佔你便宜，一定要讓我跟你好好陪罪！」

「跟帥哥接吻，怎麼想都是我癩蛤蟆吃天鵝肉了哈。」

他乾咳一聲，沉默在我們之間蔓延，「……咳咳，這裡太擠了，我們去人少的地方看煙火好了。」

越遠離人群，我們之間越瀰漫著高濃度的尷尬。

找到外圍草皮，我們席地而坐。

我先打破沉默，「這就是你平常的生活？」

「是啊。所以我才說當帥哥有什麼好？」他無奈聳肩。

「總比像我當醜女好。」我咕噥。

「哪會，妳才不醜咧。」

我擺擺手，「你不用安慰我啦，我自己知道自己長怎樣。習慣了。」

「妳要對自己有自信啊！」

「你長得帥當然說得簡單……現實對長得醜的人太殘忍了。唉，我這輩子是不可能談戀愛了吧。」我把下巴埋進膝蓋中間。

「喂，我們下午還一起求紅線了耶，對月老有點信心好嗎？」他從皮夾拿出一小包紅線，「妳看，就算是帥哥也得靠紅線幫忙，戀愛才不分美醜呢，人人有機會。」

「唉，如果這紅線真夠靈驗，拜託把我變成美女，再來個超級大帥哥當男朋友吧！」我從包包拿出紅線，閉上眼許願。

「哈哈哈，最好有這麼靈。如果可以，那我也要祈求把我變醜。」

第一發煙火正式施放，在黑暗中爆發，照耀我們拿在手中的紅線。

「命運真作弄人，我們正被困在彼此想要的人生耶。」我苦笑。

「那我們一起祈禱好了，怎麼樣？」

李烈鈞拍拍屁股，從草地上站起來，對著天空大喊：「神哪我希望，讓我變醜男好好戀愛吧！」

煙火碰的一聲又炸開。他的紅線掉在地上，我幫他撿起來，和我的紅線疊在一塊。

煙花不間斷在天空爆發，伴隨著人潮的歡呼，我也大喊：「神哪我希望，把我變大美女交個帥男友吧！」

燦爛的煙花把整個天空都炸亮，夜裡我看見李烈鈞望著天空的側臉，幸好我鼓起勇氣來和他見面了，真的太好了。我握緊手中的兩條紅線，與他並肩看著絢爛奪目的煙火，深不知另外一場影響彼此的人生即將展開。

「藍巧音，要是我們願望真的成真了，妳有沒有想做的事情？」

「我想拍照。要拍很多漂亮的自己。」

他很燦爛的笑開，說他一定會記得。

Chapter 04

李烈鈞睡的正香，忽然一陣臭氣薰天，把他腦袋裡的美夢通通薰散。

「幹什麼這麼臭！」他掙扎地掙開眼睛，一隻發黑的襪子在眼前晃阿晃的，他嚇得連忙跳起來。

「阿佑你幹什麼啦！趕快拿開。」

阿佑嘻鬧地把襪子丟開，「不這樣薰你你不會醒過來阿！等一下又怪我沒叫你起床，害你翹課。」

什……什麼？他不記得他是個愛賴床的人阿！每天寢室裡最早醒的就是他了啊！什麼時候輪到別人要用臭襪子來把他薰醒？

「鄭凱佑，你不要整我了。說，有什麼目的！」

這種程度的臭襪子，要不是阿佑想整他，就是一樁謀殺案件。

阿佑不解地抓抓頭，「你是睡昏了嗎？每天都是這樣子的啊。」

我是在做夢嗎？李烈鈞心想。「一定是夢，趕快夢完趕快醒來。」於是他再度閉上眼睛。

這次輪到千萬髮根拉扯他的痛覺神經，「痛痛痛痛痛！這不是夢！」阿佑抓著他的頭髮，「你還敢睡！快點去洗澡，你超級臭！」

「我怎麼會臭？我又不是沒洗澡。」李烈鈞抓了自己衣領一聞，老天爺！這是他聞過他所能想像最難聞的味道了。

「說甚麼瘋話。你三天才洗一次澡好嗎？難怪沒有女孩子喜歡跟你在一起！」

等等，阿佑剛剛是說：三天洗一次澡，沒有女孩子喜歡跟自己在一起？有沒有搞錯啊！他可是一天洗兩次澡，有一大群女孩子追著他跑，這點阿佑也知道啊！

「怎麼可能……這場夢太荒唐了哈哈哈。」他昏頭脹腦地覺得荒唐，不禁笑了出來。一旁的天成也加入碎念的行列，「男子漢洗個澡不要拖拖拉拉了，你也不照照鏡子，看看你自己是什麼樣子？蓬頭垢面的……那張臉再不洗都要爛了。」

李烈鈞越想越覺得不對勁，決定先順從室友們反常地催促，爬起床拿著桌上的牙刷和毛巾，往廁所走去。

「我的老天啊！有鬼！」他看見鏡子裡的那個男人，不禁放聲尖叫，驚動其他在廁所的同學。

這個人是誰！矮小的個子，臉上泛著油膩膩的油光，發膿的痘痘跟痘疤雜亂盤據整臉，鼻子扁平，眼睛細小，甚至……「還有點下垂！！」他像研究過從沒看過得外星生物一樣，猛盯著鏡子裡的自己大驚小怪。到底搞什麼阿？匆匆刷完牙，澡都還來不及洗，他就衝進房裡，從阿佑桌上拿起新相機自拍了一張。

「你幹嘛！發瘋了喔？還不快去洗澡，超級噁心……」他沒理會阿佑，看著那張照片，心涼了一半，又遞到阿佑面前，「這個傢伙，滿面油光醜八怪，是我嗎？」

「這叫我怎麼回答你？是你沒錯，但還不至於到滿面油光醜八怪的程度吧。」

「幹！真的是我喔！」

李烈鈞放下相機，阿佑默默地將那張驚人的相片刪掉。此時他的心中真是五味雜陳、百感交集阿。

竟然一夕之間從大帥哥變成了醜八怪？這真的不是夢嗎？

李烈鈞，冷靜，想一想是不是出了甚麼差錯？他猛然想起昨天在煙火下許的願，難道是這個？

如果這是現實，那就表示……他可以不用再過著被瘋女人們窮追猛打的日子、爸媽可以從此過著安逸的生活，他終於能自在的走在路上，能輕鬆地跟好朋友們一起打球、聊天上課？再也不會被陌生女生騷擾了？

這……這簡直就是他夢寐以求的生活！

李烈鈞心情豁然開朗，揚起微笑地抓起乾淨的衣服，「阿佑！我真的好醜！太棒了，好醜啊哈哈哈！醜死了哈哈哈哈！」

阿佑和天成四眼相對，天成搖搖頭，阿佑捏著鼻子忍住臭味，「你真的徹底瘋了，我不管你了，給我滾去洗澡！」

轉開蓮蓬頭，唰的一聲沁涼冷水從頭淋下，李烈鈞覺得自己好像獲得了重生的機會。

「真是太美好了！到底發生甚麼事？難道真的是昨天的願望？」

等一等，如果願望成真……

「那女孩該不會真的變成大美女了吧？」

他回想剛才鏡子裡變成那樣的自己，就算那女孩變成第二個林志玲，也不是不可能……

※

鬧鐘嗶嗶嗶地叫，我睡眼惺忪地按掉它，準備起床。

正當我一坐起來，頭狠狠地撞到了上鋪的床板，「噢！好痛喔。」真是怪了，以我的身高從來沒撞到過啊……是我突然長高了嗎？

揉揉發疼的頭，我抓起牙刷跟漱口杯，睡眼矇矓地走到浴室去。好奇怪，今天身體好輕盈，我猛然低頭一看，我的象腿消失了！變成一雙纖細嫩白的長腿。

不會是我昨天太晚睡的關係，現在還在作夢吧？看完煙火回到宿舍後又跟李烈鈞聊了近兩小時，才意猶未盡地爬上床。

「哈哈，真是一場美夢。」我在臉上搓搓，洗面乳產生許多泡沫，順著臉型抹過去……這不太對勁，我的下巴甚麼時候這麼尖？

我將清水往臉上打，直到皮膚摸起來光滑，這個觸感好陌生，不對勁！

我揉揉眼睛抬頭一看，褐色捲髮，白裡透紅的滑嫩肌膚，一顆痘痘都沒有，明亮的大眼睛、夢寐以求的雙眼皮、完美性感的嘴唇。

「啊……啊……」我的喉嚨乾澀，但聲音卻依然甜美動人。

「啊！！！！！！」

這要不是夢，就一定是有鬼！

「巧音怎麼了？」子晴聽到我的尖叫聲，連忙跑進廁所來。

我顫抖地指著鏡子裡的那個女人，「妳……妳們有看到嗎？鏡子裡有……有……有鬼啊！」我躲進子晴的臂彎，她卻一臉疑惑。

「妳發神經嗎？哪裡有鬼？我只看到妳啊。」

「子晴，妳看不到嗎？完蛋了，為什麼偏偏是我看到……」

子晴敲敲我的腦袋，「少發瘋了。快點洗完臉回來，等等要去上課了。」

我拉住準備離開的子晴，「妳真的沒看到嗎？裡面這個人……不對，這個漂亮的女鬼！妳真的沒看到？」

她翻白眼，「別再說女鬼了，這就是妳好嗎？拐彎抹角說自己漂亮，這是妳的新招數嗎？」

看到子晴的反應，好像我才是反常的人，不對勁，難道我開始分不清現實和夢境了嗎？

「這……這真的是我嗎？」靠近鏡子一看，我吐舌頭，鏡子裡的女人也吐舌頭。「子晴，我怎麼突然變這麼漂亮？」

她悶哼一聲，「我要怎麼回答？妳要是不這麼漂亮怎麼會是系花？傅恩傑昨天約妳出去，又怎麼會跟妳告白？」

我是系花！世界錯亂了嗎？還有那個突然蹦出來的傅恩傑，好熟悉的名字。

「有……有人跟我告白啊？」我連忙用毛巾擦乾臉，拖著子晴回房間，「快！跟我說我所有的事情！」

她沒頭沒腦地被我拉著，「甚麼嘛，妳今天真的好奇怪！」

「不管啦。快點跟我說嘛。」這聲音真是甜美到要長螞蟻，要是我以前的聲音，聽起來就是河東獅吼。

子晴和阿芋看起來一頭霧水，「巧音，妳到底怎麼了？撞壞頭殼嗎？是昨天傅恩傑跟妳表白太開心嗎？」

對，第一件事就要釐清，這個跟我告白的人是何方神聖。

「傅恩傑跟我表白？先從這件事開始說起。他是誰？」

「妳是開玩笑的吧？認真記憶斷片嗎？」她倆面面相覷，一副莫名其妙的樣子，阿芋甚至把手掌心放在我的額頭上，確認我有沒有發燒。「傅恩傑就是企管所的學長啊，妳修管理學認識的助教，商學院的萬人迷，妳是想要聽這種介紹嗎？」

「妳剛剛說，這樣的大帥哥跟我告白？」

「是啊，他追妳好久了，昨天大張旗鼓在煙火節跟妳表白，妳都忘了嗎？」

昨天的煙火節，和他們說的都不一樣啊……我在作夢嗎？

「那……我答應了嗎？」

「妳當然答應了啊！昨天妳多有面子啊。」

看她們的反應，一副我才是搞不清楚狀況的人，我決定先暫時不煩她們了。我應該先搞清楚，昨晚到底發生甚麼事，為什麼一夕之間我變成一個被萬人迷熱烈追求的大美女？

我站起來，果然長高了，最重要的是變瘦了，腰是腰，腿是腿，我長這麼大還沒摸過自己這麼細的腰。

該不會，胸部也變大了吧？我的手猛然往自己胸部一捏，天啊！天底下有這麼好康的事？

「妳沒事抓自己胸部幹嘛？妳是不是生病了？」阿芋嚇了一跳，將我的手從胸部放到大腿。

我打開電腦火速翻開跟李烈鈞的對話，「巧音啊，妳今天不是要和傅恩傑第一次約會嗎？還不準備出門嗎？」

「今天?!要約會嗎？」

「幹嘛？你們約會很正常吧？正式交往的第一天，值得慶祝。」

這一切都太生疏了，我完全沒有當過美女的經驗，沒有交過男朋友、更沒有正式約會過，現在我該怎麼做？通常美女出門前該做什麼？

啊！化妝，對，子晴她平常都會化妝。

「好，對，我要化妝！子晴，教我化妝。」

子晴面露不解，「化妝？妳是大家公認的素顏美女，妳從不化妝的。什麼時候妳想要化妝了？」

我硬是眨眨眼睛，好了，如果是美夢也夠滿足了。該醒來了吧！

當我朝書桌上小鏡子裡瞧，還是那個超級大美女，而這個大美女正是我，藍巧音！

陽光灑進房間，天呀，難道昨天許的願望真的成真了？上天終於願意為我撥開愁雲慘霧了！我要正式展開煥然一新的人生了。

如果說我的願望成真，難道說……

「李烈鈞。」

子晴聽到我喃喃自語，「李烈鈞？妳說阿佑那個醜男室友？」

醜男室友？

「他很醜嗎？」

子晴毫不猶豫點頭，「是我看過最醜的男生，沒有之一。我不喜歡他，妳也不跟他來往的。」

看來李烈鈞的願望果然也成真了。

我拿出手機，「李烈鈞李烈鈞……太好了，電話有留著。」雖然還搞不清楚到底發生甚麼事，但顯然我跟李烈鈞兩人的世界發生了劇烈且難以解釋的改變，而只有我們彼此知道發生甚麼事。

「喂？是李烈鈞嗎？」

那頭的聲音已不是原本低沉迷人的嗓音了，「藍巧音！太好了，我正好有事要找妳。」

※

現在的我，終於能夠抬頭挺胸，神采飛揚地走在校園中，擺脫了那副死板大眼鏡，有一雙修長的美腿，走起路腳步輕盈，一頭褐色長捲髮在陽光下隨風飄逸，散發著淡淡清香。

「啊……這樣的人生，實在太完美了！」我壓抑不住心中狂喜，嘴角止不住上揚。我太激動了，完全不敢相信！

早晨的校園裡，學生來來往往，眼角餘光不停感受到擦身而過的人的目光與小聲地讚美。

「早安。」一名我不認識，不，應該說是我連看都沒看過的男孩子經過我身旁，向我打了個招呼。

「早安。」我揚起笑容，原來變美不僅賞心悅目，還能接到旁人善意的問候。子晴這種人的世界原來這麼有優越感，我內心的滿足感持續膨脹中。

來到和李烈鈞約好的大草地，我等著他的到來。

五分鐘後，一個皮膚黝黑的矮個兒男孩朝我走來。隨著他越來越接近，我簡直不敢相信我的眼睛，恩…他應該不會是那個原本帥氣的李烈鈞。我的意思是，就算他真的變醜了，也不至於醜成這樣。所以他一定不是李烈鈞。

李烈鈞仔細打量了眼前這位美女，凹凸有致的身材，光滑細致而且雪白的肌膚，亮麗的眼神，不是，她怎麼可能是巧音？別開玩笑了。

自己的轉變已經夠大了，她不可能會更大的！

於是兩個人就這麼站著，誰也不先開口說話，彼此認定對方不可能會產生這麼大的轉變。

已經過了三分鐘，這個男孩子，一直在偷偷打量我。從剛剛就不停地盯著我的腿瞧，眼神在我身上游移……難不成，他是色狼？

我謹慎地將包包抱在胸前，如果他再看我一眼，我就攻擊！

李烈鈞決定鼓起勇氣問問她，到底在等誰？她是藍巧音嗎？

可是看她突然把背著的包包換成抓著，手指緊捏著包包，李烈鈞不免有點緊張。

「不好意思，同學……」

醜男……醜男他不僅偷看，還打算跟我開口說話！

我舉起包包，就是往他的頭猛打，「你這個色狼！變態！還看？有變態啊！」他手抵擋在額頭前方，哇哇亂叫的，「救命啊！有色狼！」我在草皮上尖叫，一堆男同學圍過來將這個色魔制伏。

「我不是色狼啦！別打了別打了！妳有病啊！」

「你這個色狼！還不承認！」

「哼！色狼！」

看到他被教訓一頓，我這才鬆了一口氣。

「謝謝你們。我最好還是快點離開。」我瞇起雙眼對這些見義勇為的男孩們道謝，背起包包轉身離開。

李烈鈞頭痛欲裂，感到滿腹的委屈與不滿，他只是在等人啊！他看她不過是因為不確定那是不是自己在等的人而已啊！她太自以為了吧？長得漂亮就以為全世界都在打她主意？

況且，自己打還不夠？還要亂叫一把，害他連解釋的機會都沒有就莫名其妙被圍毆了一頓？

偏偏他的心裡有了個不好的預感：會不會她正是自己要找的那個巧音？

李烈鈞認不出來她是巧音，那巧音認不出他來也不無可能嘛。

他決定再姑且一試，至少……要讓自己死的清白！

「我是李烈鈞啊！」他大吼，並且暗自在心裡撂狠話，如果妳真的是藍巧音就給我走著瞧！

那些男孩們聽到李烈鈞的聲音，視線再度拉回他身上，每個人又大約給了他一點五個拳頭。

「你還敢亂叫挑釁！」

為什麼他會說是一點五個拳頭？

因為那個美女，先是愣了幾秒，足夠讓自己挨滿一個拳頭，然後當第二拳又迎來時，「等一下！」她這麼喊。

你知道的，人有時手勁就是又快又狠，李烈鈞又挨了零點五個拳頭。

該死的！他心想。

「我再怎麼想也沒想到你竟然會變成這副德性嘛！這怎麼能都怪到我頭上？」

李烈鈞坐在我旁邊，滿面愁容地揉著自己挨打的腫臉，他原本就不帥了的臉，再經這麼一個苦難，簡直慘不忍睹。

「好啦，對不起嘛……」

「太過分了，竟然把我當成色狼。痛死了。」

我吐吐舌頭，「抱歉抱歉，可是誰叫你要那種奇怪表情嘛……況且我現在跟以前不一樣啊……還是注意安全比較好呀。」道歉之餘，我又偷偷摸了自己的長腿，光滑Q彈的皮膚……呀，真好。

他冷哼一聲，「妳不要現在變美了就以貌取人好不好？我現在就是長的跟色狼一樣，也不能怪我啊！」

「……好啦好啦，算我欠你一次。言歸正傳，我們……」

「怎麼會突然變了一個樣？」李烈鈞說，我點頭。

然後我們兩人抬頭看著麻雀飛過天空，風的聲音，太陽的味道。

天空無雲，晴空萬里。

我們沒有人講話，其實也不想探究發生甚麼事，更不想找辦法變回原樣。

「算、了！管它為什麼會這樣！這樣的轉變不就是我們想要的嗎？上天真的聽到我們昨天許的願望了，你想變醜，你真的醜了；而我想變美也真的如願了。就像童話裡一樣，過著幸福快樂的日子。這樣的人生有什麼不好？」我雙手一攤，對於這種轉變很滿意。

「世上才沒有童話呢。」李烈鈞揉揉太陽穴，「但不可否認的是，這樣的人生豈止好而已，簡直棒透了！除了被平白無故揍一頓，哼哼。」

「哈哈別再記恨了！一定請你吃飯！對了……」

「幹嘛？」

「你現在有沒有女朋友？」既然老天順便配置了一個帥哥男友給我，他應該也會受到同樣的待遇吧？

他哈哈大笑，「女朋友？哈哈哈哈，開玩笑，怎麼可能有？我現在長這個樣子耶！」他指著自己的臉。

「是喔，那我比你幸運！跟你說，有一個大帥哥跟我表白，現在是我男朋友了唷！是大、帥、哥耶！以前怎麼敢奢望！」我得意地和他分享新人生的喜悅。

愛情、友情、受尊重與自我實現，我想要的都有了。

「唉唷，很不錯唷！叫甚麼名字？」李烈鈞的話說到一半，隨即被一個男性嗓音硬生生打斷，「巧音！怎麼不接電話？我找妳好久！」操場上有個人影向這裡招手，我看著遠方那帥氣斯文的男子，「我猜，那是我男朋友。」

「別看到是帥哥就胡亂認親。好啦，妳好好享受妳的新人生吧！我也要去體驗這個棒透的第二人生了。」

「恩！你也是喔！幸好昨天有認識你，真是太好了！再會！」

「記得妳欠我的一頓飯啊！」

我背起包包，朝操場走去。

傅思傑的臉龐在陽光的照耀下更是迷人，眼眸裡閃著光芒，然後他對我微笑，「走吧，說好要去約會的。早餐吃了沒……？」傅思傑牽起我的手，心臟機器的開關終於被正式打開，它開始運轉，噗通……噗通……從今天起，我也要寫我的童話故事了，最完美的故事是，在故事的一開始就幸福快樂的像是結局一樣。

我回過頭，看見李烈鈞在後頭揮著雙手，「藍巧音，妳真的很美！」他的聲音夾在風中，灑水器嘶嘶地噴灑在草皮，我聽到李烈鈞在後頭慘叫，忍不住噗哧一笑。

「笑什麼？妳認識他啊？他好怪。」傅恩傑摸摸我的頭，我害羞地收起笑容。

草地、泥土、陽光的味道在早晨瀰漫，煥然新生的氣息飄浮在陽光中。

Chapter 05

李烈鈞首先要做的，便是打電話回家，父母的困擾現在一定通通迎刃而解了。

我終於能洗清冤屈，當個孝順的兒子，他不禁沾沾自喜。

媽媽在撥出通話三秒後接起電話，李烈鈞預期的溫柔嗓音沒有出現，反而是這種河東獅吼：「夭壽喔死囝仔！」

李烈鈞被嚇了一跳，好大一跳！

他媽媽這麼罵過他只有兩回：一次是五歲他偷拿她衛生綿出來玩時，另一次是拿她胸罩出來給家裡的狗狗當玩具。

他不禁羞愧：自己以前怎麼淨幹這些下流的好事？

但，這都不是重點了……重點是，他既沒有偷拿衛生綿出來玩，也沒有偷拿胸罩，媽媽幹嘛吃飽太閒對他發飆？

「老媽怎麼了？」

「家裡禮物一堆，你還敢問！下次你回家我不把你活扒一層皮我就不姓李。」

妳本來就不姓李啊……林女士，李烈鈞在心中暗自反駁。

「禮……禮物一堆？不可能啦！我已經……」

自己明明變醜了，怎麼可能還會有禮物？難道是某些死心蹋地的女孩寄的？

「死囝仔你還狡辯！什麼不可能？禮物一山高啦，一、山、高！」

「為什麼？這沒道理啊！」

「還敢問為什麼！不就是你高中每天寄了一堆禮物啦、巧克力啦、娃娃啦……」

他可以想像媽媽一定扳著手指頭嘮叨著。

「就算是我寄出去的，那怎麼又寄回家裡？」

「哼？啊就被人家退貨啊！你爸喔，看到被退回來的禮物差一點中風了啦！李烈鈞，你自己好自為之，惦惦自己幾兩重，追女孩子不要太超過……禮物我們都送人，就這樣，再見。」

李烈鈞愣愣的站在原地，回想這一切。

一直到昨天為止，他的人生就是不停地被女孩子倒追，今天醒來突然變成他去追一堆女孩子。換了張醜陋的面容，還變的不愛乾淨？

長得醜就算了，還被藍巧音當色狼，白白挨揍。一切都來得莫名其妙。

「……不會更糟了。已經慘透了。」他收起手機，踏出一步，一隻鳥兒自頭頂低空飛過，啪的一聲。李烈鈞鐵青了臉，鼓起勇氣摸摸頭髮………

「唉！吼！！」

連小鳥都完全沒任何同情心可言！

於是他放棄了第一堂課，一向愛惡整他的吳教授的課。

回到宿舍，他決定立刻洗個頭，把鳥屎運洗掉。抓起毛巾，他往浴室走去。經過了鏡子前，他看了看鏡子裡的那個男人，狼狽不堪。

「唉……頭上有鳥屎能好到哪裡去？」

他嘲諷自己，隨便選了一間淋浴間。打開水龍頭，冷水自他頭上淋下，李烈鈞終於鬆了一口氣，這真是一個糟糕的開始，他想。壞心情因為沖澡而消失了不少，他開始哼起歌來。

「緊緊相依的心如何⋯⋯」他唱著，猛然一陣滾燙澆來！

李烈鈞還來不及反應，「SAY——」喉嚨因為突如其來的嘶吼而感到乾澀。他跳開，趕緊將水龍頭關上。摸著一定有輕度燙傷的頭，李烈鈞皺著眉頭擦著身體，想不透這世界到底產生了什麼轉變。

「喂，我說老天爺……把我變醜，並不代表連我的運也要跟著變差阿！」

他喃喃自語，然後，想到了藍巧音。

那傢伙……運氣該不會變的超好超好超、好吧！

回到房間他手機裡頭有封新簡訊，是阿佑傳來的。

「這次一定是好事了。」他得意，打開。

阿鈞你怎麼敢翹課？吳教授今天點名，直接明說要把你當掉，你真的太倒楣了。期末考我看你就算了吧哈哈哈哈哈哈（抱歉太好笑了），晚上練球！By愛你的帥佑。

李烈鈞頓時陷入一片愁雲慘霧，今天會翹課也是不得已的啊！教授總不能要他頂著一坨鳥屎去上課吧！命運怎麼可以一瞬間變得這樣殘酷？

打開通訊軟體，一起打線上遊戲的宅男們都還掛在線上，但他的目光不禁移到青蛙公主的帳號。

離線。

變成美女的青蛙公主在做什麼呢？在約會嗎？

李烈鈞突然回過神來，等等，「我到底在幹嘛阿？她怎樣又不干我的事。」

然後，不知道怎麼回事，他發現自己好像有點在乎她……那個如願以償變美的女孩，會不會就這樣消失在醜醜的自己的世界裡了？

「啊，神經病。人家只是去約會了啦。想這麼多。」他敲敲自己腦袋，決定騎車吹風清醒一下。

※

走在傅恩傑旁邊，說不緊張就是騙人。以前絕對看都不會看我一眼的萬人迷，現在竟然以男朋友的身分牽著我的手，雖然對於如何當一個稱職的美女尚未上手，但好在跟子晴相處這麼久，平常偷偷觀察她的言行作風，我想應該很快就能得心應手了。

但我必須說，面對傅恩傑我實在是一無所知，完全不知道要說甚麼化解尷尬，他卻很從容自在，句句都是撩妹金句。

「傅恩傑，你真的喜歡我嗎？」

傅恩傑是那一種，全身上下散發自信魅力的帥哥，每件事情都像有十足把握，比我大兩歲的他以前在助教課總是談笑風生，逗得台下所有小學妹樂不可支。

「哈哈，傻瓜，妳問甚麼傻話？我覺得我不是喜歡妳。」

「咦？」

「我是已經愛上妳。」

聽到這種話我簡直臉頰燙紅，超級肉麻但是很中聽，從來沒有人這樣跟我講過。我躲避傅恩傑炙熱專注的眼神，低頭走路。

不知道如果李烈鈞聽到這種話，會有甚麼反應？他那種大男孩，一定會笑說這肉麻話噁心巴拉。和傅恩傑不同，李烈鈞看人的眼神像平穩海浪上的太陽，不會炙熱難耐，但想一直沐浴在這樣的溫暖底下。

我想李烈鈞幹什麼？不要分心，藍巧音！約會要專注！

「我們去看電影，你下午的助教課怎麼辦？」

「我跟教授說終於追到妳了，今天是第一次約會，教授二話不說就准假啦！還叫我們好好玩呢。」

跟教授說要約會，教授就准假了？

「這沒道理啊。」

「人生勝利組本來就沒道理囉，巧音，還好我們都很幸運！」

他貼近我，從牽手改成搭肩，我的心臟瘋狂地跳動，我懷疑，如果這時候嘴巴打開，心臟會不會直接跳了出來。

「關於我們交往，其實我還有很多問題想要問你！」

他突然停下腳步，將我的肩轉正向著他，他沒有說話，我能清楚地聽到自己紊亂的心跳。

沉默一陣子，他展開笑顏：「有一整天給妳慢慢問。」

買票隊伍大排長龍，我和傅恩傑被擠在隊伍裡，雖然有五六個櫃台，前進速度卻停滯不前。

排在我們前方的是一群看起來像國中生的男孩們，嘻嘻哈哈的。

「你追我多久了呀？」我問傅恩傑。

「嗯，大概半年了吧。」

「半年？」

他傻傻地笑，「有這麼驚訝嗎？」

「沒有啦，只是好奇我有這麼值得喜歡嗎？」

傅思傑笑了幾聲：「當然呀，世界上有人不喜歡妳嗎？妳又漂亮身材又好，我看到妳第一眼就完全被吸引了。」

「謝謝。傅恩傑，當美女的感覺真的好棒。」

他寵溺摸摸我的頭，「哈哈，現在才知道也太晚了吧。」

我看著手錶，「再五分鐘就開演了，會不會來不及呀？」

前面的一位國中男生轉過頭來盯著我們，「大姐姐，我們的位子先給你們排吧！」

「咦？為什麼？」

「因為我們的原則就是……不可以讓正妹等太久！所以還是你們先吧！哈哈。」他們自動讓開，排到我們後面…小小舉動卻讓我欣喜若狂！這是子晴和美女朋友才會有的待遇，我在她身旁等這機會等了三年，終於輪到我獲得這種優待！

「謝謝美女，托妳的福又方便了一次。」傅恩傑低頭在我耳邊細語

「咦，這種事情常發生嗎？」

「之前我們一起出去時，買冰淇淋老闆會多送妳幾球、自助餐老闆會多送幾樣菜、排隊會有人自動讓位、買東西不用殺價老闆會自己算便宜一點……全托妳的福呀。」

終於輪到我們站在買票櫃台，「這是兩位的電影票，另外小姐，這是免費招待兩位的爆米花跟可樂，美女才有的福利喔！」店員對我們眨眼。

「啊，謝謝。」

幸運地捧著一大筒爆米花和可樂，我們站在影廳門外等候，「當美女實在太誇張好運了啦！」

「沒辦法，誰叫妳要長那麼漂亮。」

不知道為什麼一個早上聽了那麼多漂亮的讚美，李烈鈞今天早上從遠方傳來的那聲：「妳真的很美！」卻不停地在我心中迴盪。

以前看電影是覺得椅子太擠，現在是覺得前面空位太短，腿長不自在，真是太幸福的煩惱了啊！傅恩傑坐在我的右手邊，他從他的背包裡拿出外套，蓋在我身上。

一個中年大叔在我左邊的位子坐了下來，燈光漸漸轉暗，電影的開場爬上螢幕。

電影看到正精采的部分，忽然之間，我的左大腿感受到掌心的溫度。是誰？是大叔不小心碰到嗎？我開始緊張兮兮，但黑暗讓我什麼都看不見。我挪動了大腿，手果然移開了。

但我卸下心防後，沒過幾分鐘卻變本加厲，在我的大腿上四處游移，他來回撫摸，甚至往更上方前進！

我抬頭看傅恩傑，他正專注在螢幕上，一手拿飲料喝了一口，另外一手則抓了一把爆米花，兩手都沒閒著。

我猛然往左邊看，那位中年大叔盯著螢幕，手臂卻不停地移動，是他！

我這次遇上真正的色狼了！天啊！救命！

「傅恩傑，傅恩傑！」我細細地聲音像老鼠般叫著他

他看著我，嘴型像在說「怎麼了？」

「有色狼……」

劇院裡震耳欲聾的配樂使得他聽不清楚我說了什麼話，只是拉起嘴角，牽住我的手，將專注力再度放回電影上。

不會吧！難道我要忍受剩下時間裡被色狼侵犯嗎？大叔的手越來越過分，我越來越恐懼，終於忍不住顫抖求救，「傅恩傑，救命！」

氣勢磅礡的戰爭場面上演著，根本沒人會聽到我的聲音。

「傅恩傑！有色狼，救我！」我再一次，用全身力氣在恩傑耳邊說道。

他瞪大眼睛，立刻拉起我的手起身，逃離影廳，往另一頭方向從擁擠的座位中走出去。

我在哭，非常害怕而哭。那種噁心恐懼我忘不掉。

傅恩傑抱著我，語氣裡盡是憤怒與懊悔，「對不起，都是我的錯，我沒有保護好妳。可惡的傢伙！」

我搖搖頭，這些都不重要……因為我知道他不是故意的，我只想知道一件事情：「這種事……也常常發生嗎？」

「我跟妳保證這種事不會再發生了，乖。」

我火速回到宿舍，完全沒有心情再繼續任何行程，抓起毛巾將自己關在淋浴間，我奮力地沖刷著自己的大腿。一次不夠，再來第二次。第二次還是不乾淨，再刷第三次。白皙的大腿肌膚因為過度摩擦紅腫了，我忍著痛繼續刷腿，想要把所有來自噁心感覺都洗掉。

但無論我刷的再怎麼用力，大腿甚至破皮了，這抹陰影始終縈迴在我的腦海中，蓋在我心頭上。

無力地攤在桌前，李烈鈞那小子現在不知道好不好，再慘也沒我慘了吧？

我飛快打著帳號密碼，登入。

Chapter 06

李烈鈞無趣地逛著ＰＴＴ，右下角突然一個小方框升起，青蛙公主剛登入。

他不知道自己怎麼了，目光總是會被她拉過去。從他們倆在香腸攤前相遇的那一刻，他的心思好像就沒離開過她。

那天的吻是個意外，不過他倒沒有任何不好的感覺，反倒感覺還不錯……

「靠……我是發春喔……」他晃晃自己腦袋，把這種感覺拋到九霄雲外，她現在應該快樂得不得了吧。

他猶豫了一下，決定丟訊息問候她。

我不是帥哥：大美女，約會還順利嗎？

青蛙公主比他想像中的還快回覆：**別提了，我現在心情好糟**

李烈鈞遲移了一會兒，糟？她都變成世界大美女了，還有個男朋友，還能糟到哪？還會比我更慘嗎？

我不是帥哥：那是因為妳還沒聽我說我今天過的怎麼樣。

青蛙公主說：……你在忙嗎？

我不是帥哥：不忙。一點都不忙，妳想去河濱公園走走嗎？我載妳。

青蛙公主那頭停頓了一會兒沒有回話，李烈鈞不免緊張起來，直到她丟出一個「想去喝酒。」才鬆了一口氣，抓著機車鑰匙下樓。

李烈鈞到女宿時，她已經站在那兒了。他抓著安全帽跑向她，果然悶悶不樂的。

「怎麼啦？」

她沒有說話。

「喂喂……？藍巧音，妳沒事吧？」

「李烈鈞，我們出發吧。」

「想去哪裡？」

「想大醉一場！」

「不行。妳先告訴我發生甚麼事？」

她搖頭，自己戴上安全帽，見藍巧音眼淚呼之欲出的模樣，李烈鈞決定先放棄這一關，「好吧，我知道一間很棒的酒吧，我和阿佑以前常常去。」

第一次騎車載女孩子，李烈鈞不免有些緊張……不……是非常緊張！要不是酒吧就在下個轉角路口，他敢保證自己一定會因為亂騎一通而發生車禍。後方的藍巧音整路都很安靜，他不停在心中猜想到底發生了甚麼事情。

掛在門上的鈴鐺叮噹作響，昏暗的小酒吧在星期五晚上特別多人，我失神地跟著李烈鈞走到吧檯的高腳椅坐下，酒保遞上兩杯水，「今天想喝點甚麼嗎？」

「給我一杯最烈的。最好能麻痺所有感覺的。」我說。

李烈鈞連忙揮手畫了個叉，「抱歉Steven，給她很淡的水果氣泡酒就好。」

酒保點頭，隨後將一杯粉色的氣泡酒端上。

我看著李烈鈞的冰拿鐵，「你來酒吧都喝冰拿鐵嗎？」

「誰那麼遜？今天是為妳破例。第一，騎車不喝酒，我有義務把妳安全送回宿舍。第二，來點咖啡因才能清醒整晚聽妳訴苦啊。」

我苦笑，喝了一大口氣泡酒。

「說吧，發生甚麼事情讓妳這麼鬱悶？」

李烈鈞的語氣開始有點急切。我不知道如何啟齒，話鯁在喉頭，他先清清喉嚨：「你不說，那好吧！那我先分享變醜第一天的生活……我覺得，妳很辛苦。」

「甚麼意思？」

「我第一次體會到，原來外表是真的會影響一個人被對待的方式。雖然我並不覺得原本的妳很醜，但是才短短一天，我好像就有一點點能理解妳想變美女的心情。」

「我先說喔，如果你還在氣早上我把你誤認為色狼，我很抱歉。」我又喝了一口酒，酒精氣味被隱藏在水果的甜味下，不到三兩下杯子已經空了。

酒保再幫我送上了另一杯，「我不生氣啦，但真的很不公平。長得醜跟騷擾不能畫上等號啊小姐。」

「好嘛，我知道了啦。我心情已經夠差了，你還要我一直道歉。」

「我不是那個意思。那……妳想說說發生甚麼事了嗎？喝慢一點。」他奪走我的酒杯，我垂下嘴角

「……把酒還我。」

「不行，妳先說發生甚麼事了。」

我深吸一口氣，再深深嘆息，「我今天……在電影院遇到色狼。被偷摸了一把。」

李烈鈞沒有立刻回話，但他悄悄地將酒杯推回我眼前，「那……妳還好嗎？」

「怎麼會好？我問你，你被偷摸過嗎？你被騷擾過嗎？」

此時的他回話小心翼翼，「我懂妳的心情。我當然遇過，見怪不怪。」

「李烈鈞，我變成美女，我很開心，真的超級開心你能懂嗎？我覺得這輩子最珍貴的奇蹟就是這件事。但是我忘不掉那種噁心的感覺，好難受，我甚至大腿都還記得那個觸感……」我邊講邊掉下眼淚，壓抑在心底的委屈跟著酒精和眼淚一同流瀉。

「只能說，世界上也許真沒有百分之百完美的人生吧？」他說。

「但是，我還是寧願忍受這種噁心感覺，我也要用盡一切守住當美女的日子。」我邁入第三杯酒，李烈鈞始終默默把關酒精濃度，但還是抵擋不了漸漸襲上腦門的暈眩跟加速的心跳，此時此刻我即將達成邊哭邊暈邊吐大滿貫。

「李烈鈞……我……嘔！」沒能成功忍住湧上喉頭的噁心感，我直接吐在吧台。

「喂！藍巧音！妳還好嗎？別吐在這啊！我帶妳去廁所。」他慌張地先拿塑膠袋承接我的嘔吐物，再攙扶我往廁所去，一下高腳椅馬上踉蹌，暈暈忽忽地連路都走不好了。

才變美的第一天，我跪在馬桶前大吐一場，全身力氣消耗殆盡，卻連振作的心力都沒有，無比狼狽的開端，但我相信沒有甚麼是人生勝利組解決不了的事情，對吧？

李烈鈞只能不停拍拍藍巧音的背，看她現在比當初相遇時還要難受一百倍的模樣，他一樣難受，覺得心底彷彿挨了幾記悶拳那樣酸酸痛痛的。該怎麼讓她知道，他懂她，也心疼她呢。

他將藍巧音扛回女生宿舍門前時已經是半夜十二點半了，他實在是沒辦法才會請子晴下樓幫忙，果不其然她一出門就沒給他好臉色看。

「她怎麼變這樣？巧音！妳還好嗎？」子晴攙扶我，意識矇矓的我唯一的感覺是不斷襲來的噁心感，「我……又想吐……！嘔！」我吐在手中的塑膠袋，依稀聽到子晴高亢的開罵：「你真的很要不得！把她灌醉是甚麼意思？你是不是吃她豆腐？」

李烈鈞被罵得莫名其妙，但眼看藍巧音需要再回到馬桶前，他索性放棄辯解：「我是在幫她。麻煩妳趕快帶她回去休息。」

「講得好聽，她不需要你的幫忙！你敢再騷擾她試試看！」

劈頭就被子晴罵一頓，他無所謂。可是李烈鈞再怎樣都沒能料到，他在她崩潰時撐住她，結果藍巧音卻沒辦法為他做同樣的事，就算他們只是朋友，他依然有那麼一點受傷。

※

我一早醒來頭痛欲裂，發現手機有十幾通傅恩傑的未接來電，還有一封李烈鈞的簡訊，請我宿醉醒來後打給他。天啊，我昨晚一定戰況慘烈，腦袋裡像是用刀叉粗暴地攪拌般疼痛。

子晴看到我終於起床，馬上跑到我旁邊，「妳在搞甚麼啊？妳為什麼和那個醜男去喝酒？」

「誰？啊……昨天是李烈鈞送我回來的嗎？」

聽到李烈鈞這名字，子晴的眉頭緊皺，「對，就是那個噁心傢伙。妳昨晚被他灌得爛醉妳知道嗎？」

我隱隱回想起最後的記憶，是我邊哭邊吐在吧台，事後到底發生甚麼事我完全沒有印象。

「昨晚傅恩傑找不到妳很緊張，我已經告訴他了。」

「告訴他甚麼？」

「當然是妳被李烈鈞灌醉騷擾啊！妳放心，他絕對會讓那醜男好看，他休想再靠近妳半步！」

事情是在李烈鈞在教室裡準備享用早餐發生的。傅恩傑氣沖沖的走進教室，一張大手將桌上的豆漿蛋餅狂掃在地。

李烈鈞還沒搞懂發生甚麼事，傅恩傑已經怒氣沖天地壓住他的肩膀，「我警告你，不准再跟藍巧音有任何來往。」

「甚麼意思？」

「你心裡有數！把別人女朋友灌到爛醉，你找死嗎？」

「……我是在幫她。你女友喝得爛醉，我被她吐得滿身都是，還把她送回宿舍。你誤會了。」

「你不要狡辯！」傅恩傑狠狠揍了一拳在李烈鈞臉上，他的嘴角滲血

「傅恩傑！你在幹嘛！」藍巧音的聲音在一片混亂中殺出，李烈鈞看見她一臉茫然又慌張的樣子跑進來

傅恩傑回頭，「巧音，妳來這裡幹甚麼？」

我看見傅恩傑抓著李烈鈞的襯衫衣領，他的嘴角流血，李烈鈞直勾勾地看著我，我卻閃避他的目光。

「你不要打他！」

「這傢伙竟然胡扯，把性騷擾說成在幫妳！」

「巧音，妳快點解釋。」李烈鈞說

我看著傅恩傑，再看著李烈鈞，隨後將眼神移開，支支吾吾。

「誰准你這樣叫她？你到底為什麼要一直糾纏我女友！你不照照鏡子！」

「藍巧音，妳快點告訴妳的失控男友，昨晚的真相。」

我沒有說話。

「藍巧音。……藍巧音。」李烈鈞盯著我。

「傅恩傑……我們走了啦！」我拉起傅恩傑往外走

李烈鈞從座位上站起來，對著我大喊：「藍巧音！妳真的要這樣嗎？」

我回過頭，不知道現在自己的表情是否會出賣我的心虛，「請……請你不要再這樣騷擾我了。放過我吧。」

我沒有錯過李烈鈞漠然的表情，他的神情夾雜著驚愕、憤怒、無奈和一點傷心，但李烈鈞，你能理解的吧？我好不容易才能擁有夢寐以求的人生，我只能這樣守護漂亮的自己。對不起，你可以理解我的吧。

回到宿舍，我站在鏡子前，凝視著鏡中，那位吸引眾人目光的美女。

一天之內，產生了這麼大的轉變，我還是無法習慣美麗的自己……更正確的說法是，我沒辦法接受外界眼光突然有了一百八十度的改變。

在今天醒來之前，所有人連看都不看我一眼，然而在今日的太陽升起後，世界全變了。再也沒有人會唾棄我的長相，在我背後指指點點，沒人拿我長相開我玩笑，也不必再煩惱今天該穿哪件衣服……突然之間，我的人生似乎正與現在的我漸行漸遠，從小到大所熟悉的一切，全都開始踏上遠離我的旅程。

成為一位美女，是我一直以來夢寐以求的，不知道有多少個夜晚，在心中祈禱上天讓我蛻變成一位美人，如今，我得到我想要的人生了。

可是我總是有一股強烈的不安，我所失去的，將比我得到一個有美麗外殼的人生還要多上許多。

Chapter 07

我不停回想起李烈鈞嘴角滲著血，受傷落寞的表情。為了保護我今天所擁有的一切，當朋友被誤會時我選擇躲在懦弱膽小後方，因為我已經受夠當那個被忽視的那一種角色，這世界很殘忍，用外表作為最基本的二分法，所以儘管李烈鈞和我是朋友，我卻還是別無選擇地選邊站。

李烈鈞一定生氣了，因為自從那天起他再也沒有主動聯絡我，我也儘量淡忘這件不愉快的事情，努力和傅恩傑培養感情，享受我的美女人生。

「巧音，妳生日那天一定要空下來哦！」子晴一邊敷臉一邊說。

「啊？竟然要生日了。好呀，目前還沒有事情。」

「嘿嘿，我們要幫妳辦慶生派對！我們已經先號召一大群帥哥美女一起來Party了，一定會很好玩！妳要是有想邀請的人再跟我說唷！」

雖然聽起來像是假借我生日名義舉辦聯誼派對，不過我的內心有滿滿感動，從來沒有人主動幫我舉辦派對！

子晴他們興高采烈地說找了哪個系的帥哥來，我笑笑地附和，腦海中浮現了一個人。

生日派對前一天，我終於鼓起勇氣丟了訊息給李烈鈞：

李烈鈞，那天的事我很抱歉。如果明天晚上有空，你願意來我的生日派對嗎？地點在學校附近的A CLUB。

訊息很快就跳成已讀，我的心跳漏跳了幾拍，說不在意卻時不時偷瞄，遲遲等不到回應。

派對當晚我穿著人生第一次套上的緊身洋裝，彷彿公主一樣跟著傅恩傑來到派對，昏暗的酒吧天花板掛著小燈泡與Happy Birthday氣球，除了子晴、阿芋和阿佑他們這些熟面孔，嘻嘻鬧鬧的酒吧裡還有很多以前只能遠遠遙望，或從別人口中聽到的別系帥哥美女，這些都是子晴的好朋友，是以前的藍巧音絕對不可能接觸到的光環人物。

我被捧在手心，到處都有人來祝我生日快樂，傅恩傑也陪在我身旁像是男主人一樣招呼，但不知道為什麼，假面的社交讓我渾身不自在，甚至有想逃離這裡的衝動。我們好看的臉蛋堆起官方的笑容，聊著不著邊際的話題，誰與誰又怎麼樣、誰又換了新男友，一轉身再卸下假面具。

「傅恩傑，我去一下廁所。」我找了個藉口從人群中逃離，在一撮撮人群裡找尋李烈鈞的身影。他會出現嗎？是不是還在生我的氣呢？

當我繞進柱子後的轉角，我看見他了。李烈鈞站在角落，正在和一個矮小的女生講話。

我明明心裡很期待見到他，但看到他時卻又下意識想逃跑，我準備轉身離開時碰巧和他眼神對上。

「嗨。」他主動打了招呼。

「嗨……謝謝，你來。」我渾身不自在，關鍵在於他身旁的那個女孩，我啟動心中的防備機制，開始比較，誰輸誰贏，她是誰？她跟他是甚麼關係？在我的場子，他竟然帶著陌生女孩出現。

他眉頭細微的抽動，眼神飄回和他講話的女生身上，再回應我：「我碰巧和朋友約在這裡。對了，生日快樂。」

所以他已讀我的訊息了，也知道我的生日，但卻選擇劃開界線。他不是來這裡為我慶生的，只是碰巧。這令我更不是滋味。

他向我介紹那位女孩：「這是我朋友，沈妮。」

「嗨。我是沈妮。」

「妮妮，這是我同學藍巧音。」

聽到李烈鈞分別以朋友和同學介紹彼此，不知道為什麼硬是被拉遠的距離，讓我不是滋味。而且他竟然叫她妮妮！他們是甚麼關係？

妮妮是一位害羞的女生，戴個眼鏡，穿著襯衫牛仔褲和帆布鞋，頭總是低低的，普通的身材、普通的長相，走在路上不會多看兩眼的那種普通女孩，甚麼條件都比她好的我，此時卻感到無比忌妒。

我很想和李烈鈞好好說話，但他顯然將心思放在妮妮身上，我既忌妒又羨慕，不是才說自己沒有幾個異性好友嗎？為什麼他明明知道我在現場，卻不來祝賀我一聲生日快樂，只和這個普通女生聊天？

「那，藍巧音，我和妮妮先去另一頭敘舊了。祝妳和朋友們玩得開心。」

李烈鈞乾脆俐索地終結這次對話，我知道他果然還在生我的氣，但看著他們離開的背影，我內心有一把無名火燃起，直走進了廁所打開水龍頭逼自己清醒點。

從遇見李烈鈞他們後，我就無法專注在其他人身上了，不明白自己這種暗暗生氣的心情，不想面對自己很在意的事實，可是我就是好想知道他們到底是甚麼關係？他就算在生我的氣，怎麼能就這樣如此冷漠？

大家一路玩到將近一點，漸漸有人喝掛醉倒，傅恩傑也是醉得不醒人事。

「你還好嗎？傅恩傑？」我撐著人高馬大的他，要是以前我的體型一定沒問題，現在反倒很吃力。

「需要幫忙嗎？」後方出聲的人是犖茜，外文系的大美女學姐。

聽說犖茜學姊從小就認識傅恩傑，冷豔性感的她身邊不乏追求者，但她總是高冷地保持距離，圍上一層神祕面紗，小道消息說她心底還忘不掉國中的初戀。

「好，麻煩學姊了。」我們一起合力將傅恩傑扛上計程車，她笑說：「我從國中就認識這傢伙了。他一人來瘋就甚麼也顧不了。他外宿的地方跟我家很近，我送他吧。」

「好，謝謝學姊。不好意思給妳添麻煩了！」

她淺淺微笑，「應該的。一路上這樣照顧過來的。」

我點點頭，目送車子離去。

回到散場的酒吧，寥寥無幾的散客和喧鬧的音樂，少了整晚的狂歡人群，我坐在吧檯不知道何去何從，子晴和阿佑離開了，傅恩傑被學姊送回家了，李烈鈞和妮妮應該早就離開了，明明是我人生中擁有過最風光的一次生日夜晚，此刻我卻像被丟在夜裡荒漠的仙人掌一樣寂寞。

「不好意思，請給我一杯威士忌。」我跟吧台說，他的聲音從後面傳來。

「藍巧音。」

我當然認得這個聲音。我沒有回過頭，也許出於一種倔強，也許還沒來得及面對這種類似感動又帶點傲嬌的情緒。

「藍巧音。」

李烈鈞又喊了我一聲，吧台送上的威士忌杯打破了這微妙的沉默，我回頭，看見他抱著一台拍立得和一根香腸。本來準備好的撲克臉，在看到他的瞬間被卸下了。李烈鈞的魔力，就是有辦法讓所有多餘的偽裝都被溫柔溶解。

「噗。」

「妳笑甚麼？」

「你手中拿的這是甚麼組合？香腸跟拍立得。」

他低頭看了一眼，把香腸遞給我：「這是我準備給你的生日禮物耶，快點收下。」

我內心的小小埋怨像是被輕輕安撫了，想開心又想鬧脾氣，想知道我的這些感受，是否有被他放進心裡？想被在乎，想被看見。他還是在乎我，他準備了只有我倆之間才能意會而笑的禮物。是我們相遇那一天，我不計形象大吃的樣子，他還記著。

接過香腸，我忍不住肚子飢餓馬上吃了一口，李烈鈞拿起拍立得，「藍巧音，你看這裏。」閃光燈一閃，我防備不及。

「幹嘛一定要在吃東西的時候拍照啦！」

「哈哈，這樣才真實啊！」

我安靜下來，真實嗎？現在這一刻，漂亮的我、醜醜的他，真的是真實嗎？

「幹嘛？妳說過變漂亮想拍照的耶。」

我訝異地說不出話，連我自己都差點忘記的一句話。原來是這樣啊，原來他記得。

「怎麼突然不說話？」他倉皇。

「……李烈鈞……我很感動。謝謝你。」

「謝甚麼？拍張照片小事！」

「謝謝你把我說的話記在心裡。我以為你今天不會來了。」

他沒有說話，又按下快門，一記閃光燈劃破眼前，拍立得吐出底片。幸好，照片裡的我是漂亮的。

我們的氣氛恢復輕鬆，顯然他已經原諒我那件事情了吧？但是，我可還沒原諒他，關於有個那麼要好的女性朋友的事情！

「李烈鈞，那個沈妮，你跟她很要好？」

他顯然有些訝異我會提起她，「妮妮？還可以吧。我少數的異性朋友。」

「喔，那她怎麼會一起在這裡？」

「我找她來的呀。」

聽到是他主動約她，我又突然心浮氣躁起來。

「我的生日派對，幹嘛約我不認識的人來？」

李烈鈞被我突如其來強勢的口氣嚇了一跳，「幹嘛反應這麼激動？我們是約在這裡聚會。她不是來參加你的生日派對的。」

「你明知道這裏今晚會是我的生日派對！」

「那又怎麼了？我還是有祝妳生日快樂呀。這兩件事情不衝突吧？」

「你……你不懂啦！而且老實說看到你帶她一起來我很不高興。」

「不高興甚麼？」

「你明明說你沒甚麼異性朋友的！」

李烈鈞感覺莫名其妙被訓了一頓，好像他背叛她一樣，「總會有一兩個的吧？」

「但就不是唯一一個！那個妮妮就是！你還帶她來參加我的派對！」

「藍巧音，妳幹嘛突然發脾氣？而且我再說一次，我沒有帶她來參加你的派對，我們只是湊巧約在這裏。」

「所以你本來就不打算參加我的生日派對囉？就是明知道我會辦在這裡，還故意跟朋友約在這給我難堪？」

李烈鈞有點被惹怒了，態度也強硬起來，「我怎麼聽不懂妳的邏輯啊？我從沒有要給妳難堪的意思，而且我現在也私下幫妳慶生了！妳為什麼要這麼生氣？妳不說我怎麼會知道？」

我好氣李烈鈞不明白我生氣的點，更氣自己好像沒能掌握自己心理上微妙的情感變化，就恣意將所有心情暴露在他面前。

「我就是生氣！你是不是在報復我那天讓你在大家面前難堪？害你被傅恩傑揍了一頓？」

老實說話一出口，我已經後悔，哪壺不開提哪壺？我恨不得打自己嘴巴，可是越堆越高的面子讓我沒有退路。

李烈鈞臉色一沉，「我沒有那麼無聊要報復任何人。再說那件事情我氣得不是被揍了一頓或是難堪，是……唉，算了。」

「是甚麼？為什麼講到一半又不說了？」

「沒甚麼，算了。妳如果不能理解，那我也不勉強。藍巧音，喝完早點回家。生日快樂。」

李烈鈞轉身離開，我壓抑住想哭的衝動，等到他離開了才一個人在座位上哭了起來，這真的是人生裡最糟糕的一年生日了，不被理解的痛苦、在人群裡感到寂寞的無助，並沒有因為我的長相跟著改變，我的自卑像是種子一樣種在心裡，漸漸地長成了自大的模樣，但本質仍然一無所長，在自大下自卑顯得更具體、更蒼涼。

李烈鈞心裡很鬱悶地抱著拍立得離開，他特地請沈妮出借，才會約在這間餐廳敘舊順便拿拍立得，藍巧音究竟為了甚麼對他揚灑怒氣？他才發現忘了將洗出來的底片給她，看著照片裡那個漂亮陌生的女孩，沒來由地想念起第一天象見她大吃雞排油膩膩的樣子。

Chapter 08

「我好懊悔啊！」鬱悶了好幾天，我無力攤在床上喃喃自語。

「敢問人生勝利一姊，妳有甚麼好煩惱的？」阿芋說風涼話可真輕鬆。

「吼！我也不知道啊！」

自從那天在酒吧不歡而散，不只第一次在教室的衝突沒有和解，我跟李烈鈞更像是陷入一場長期的冷戰了。他沒有主動聯絡我，而我也沒有傳任何訊息給他，畢竟這是我人生第一次跟別人冷戰啊！原來這種想和好，想說話，卻又拉不下臉主動出擊的感覺，令人這麼煎熬。好想知道他在想甚麼？好想知道他是不是已經早就去過他的快活日子了？

「阿芋，我問妳喔……你覺得甚麼樣的人會叫普通的異性朋友妮妮啊？」

「妳這甚麼沒頭沒腦的問題？」

「不管，你回答我嘛！」

「叫得這麼可愛，八成就是喜歡人家唄。」

「真的假的！」我從床上坐起來，突然驚訝嚇了她一跳

「妳有病啊！這麼激動幹甚麼？妮妮是誰？」

「喔……真的是喜歡對方才這樣叫的嗎？」我又壓低音量，回歸喃喃自語模式。

「到底是誰啊？」

「那我再問妳，如果他叫我巧音，卻叫那個朋友妮妮，妳覺得他比較喜歡誰呀？」

阿芋丟下手中漫畫，走到我床邊：「來，巧音妳勇敢告訴我，傅恩傑是不是欺負妳？」

「啊？」

「他是不是背著妳偷吃被妳發現？」

阿芋這傢伙，完全是連續劇看太多了！我笑出聲來，「妳不要胡說八道好嗎？」

她沒好氣地回到位子窩著，「誰叫妳這麼反常，問一堆很可疑的假設性問題。」

「唉……阿芋，到底該怎麼做才能知道對方在想甚麼呢？」

「妳傻啊！當然要問啊，自己想知道的答案自己爭取。妳不問，別人怎麼告訴妳？」

是這樣嗎？我躺回床上看著天花板發呆，想問李烈鈞是不是還在生我的氣？想他是不是找到更好的異性朋友了？甚至想問他，是不是跟那個妮妮在發展……

「齁到底是誰？」阿芋擠到我旁邊問。

「李烈鈞……」在我還沒意識到前，已經脫口而出。

「李烈鈞？妳說那天被傅恩傑揍的那個宅男嗎？」

「怎麼連妳都知道這件事？」

阿芋露出誇張的表情，「誰不知道啊？大家都知道他欺負妳，巧音啊！妳幹嘛對他那麼有興趣？」

我支支吾吾，不知道怎麼跟阿芋解釋我和李烈鈞的革命情感，還有現在的心情。

「我哪有……我只是覺得他人不差，可以當個朋友。」

「藍巧音。」

「幹嘛？」

「妳……該不會滿喜歡他的吧？」

被阿芋單刀直入說出自己不敢面對的心情，我的表情管理一蹋糊塗，我沒有回答她。回到筆電前，將和李烈鈞的對話訊息打開，還停留在我邀請他來生日派對的訊息，彷彿我們的友情停止在那一天，進退兩難。我回顧著以前的聊天記錄，那些有趣荒謬的生活小事在每天的他一句我一句中流竄，我不禁笑了出來。我把訊息點了又關，關了又點，忍不住……想多看他的帳號幾眼。

等我終於意識到自己到底在想什麼，趕緊甩甩頭，對自己信心喊話：藍巧音，李烈鈞一點都不重要。不是妳以為的那樣，想想傅恩傑。

為了轉移注意力，我點進學生會的活動社團，以「童話舞會」為標題的文章，吸引了我的目光。

各位王子公主，卸下你們平日的武裝，一同走進童話的世界。哪怕你是青蛙王子，妳是醜小鴨，在這裡，什麼事情都有可能發生……。在童話世界裡，你們都是公主和王子，都值得一次幸福快樂的結局。

儘管我已經努力將對李烈鈞的所有心思壓下，他的所有情緒表情卻始終倒映在我心上。究竟是為什麼？明明李烈鈞還是帥哥以前，對他的感覺從沒如此強烈鮮明過，從我們立場互換那天開始卻逐漸在意起他，我明明就擁有一切了啊！明明就有像是傅恩傑那樣天菜級的男友了，我卻無法控制地將目光投注在變醜的李烈鈞身上，真的無法理解這樣的自己。

我才突然想起，當我還是青蛙，傅恩傑只肯像其他人一樣，站在池塘外的花園，過著自己的生活；但李烈鈞，那個所有女孩眼中的王子，走向池塘，對一隻青蛙露出微笑。是他讓童話變成現實的啊！

※

寢室的門碰地被打開，李烈鈞看著滿身臭汗的阿佑，差一點在桌前嘔吐。

「靠，你是去糞池游泳嗎？臭死了！」李烈鈞捏著鼻子，從櫃子丟出一條毛巾給他，要他快洗澡去。

阿佑右手勾住李烈鈞的脖子，擦著被汗珠漫佈的額頭，「這叫男人味懂嗎？重訓完的汗水最性感了。而且平常都是你最髒，竟敢罵我臭？臭小子。」

李烈鈞皺眉頭，又想起現在的自己在室友眼中是個不折不扣的大髒鬼，不禁悲哀嘆了一口氣。

他把阿佑的手撥開，「真的很臭。你不快去洗澡，黏在我旁邊幹嘛？」

「欸，對了，你聽說那個舞會了嗎？」

又是一件另李烈鈞疑惑的事，「什麼舞會？」他抓抓頭，阿佑跳到他電腦前，李烈鈞矯健地跳開。

「喏，就是這個。童、話、舞、會！」阿佑點開活動網頁，露出鬼鬼祟祟的笑容，鐵定沒有好事。

「怎樣？」

「甚麼怎樣？當然是一起去玩啊！」

李烈鈞搖搖頭，「不要，吃力不討好的事情我才懶得攪和。」

去年萬聖節舞會，阿佑這傢伙竟然找來一套圓滾滾的南瓜裝，回想起那天穿著厚重的南瓜裝，一邊被求愛瘋女人們追著跑……李烈鈞從那時就發誓，打死他也不再幹那種蠢事。

「唉唷，拜託嘛。」李烈鈞是變醜了，但室友阿佑那招黏人的怪招依然沒變。

「我、不、要！」不論這次他巴的再緊，說不答應就是不答應。李烈鈞將頭別過去。

阿佑嘟著嘴，睜大眼睛，將臉貼到李烈鈞的另一邊，點了他的肩膀，「幹嘛？」這死傢伙就是不看我，阿佑心想。

「唉唷……看人家一下嘛。」

李烈鈞實在不懂阿佑又想玩些什麼把戲，無奈地將頭轉向另一頭，「啊！」不看還好，一看他便嚇的倒退三步。

「靠，你貼我這麼近幹嘛啦！」他抹抹嘴巴，暗自咒罵。

「誰叫你都不答應人家……」阿佑扭著屁股，李烈鈞簡直快抓狂了：「你可以再三八一點啦……」

「好啦，說個你可能比較有興趣的。」

「不管你說甚麼我都沒興趣啦。」

「話先別說的那麼早咧！這一次也會選出舞會國王和皇后，子晴說她們系上最美的正妹也會去，就是那個⋯叫什麼來著⋯⋯呃⋯⋯」

「藍巧音？」

「對啦對啦！就是藍巧音，看吧！果然你就是在愛她！說真的，那種絕世美女真的是稀有動物。快啦，為了美女，我可是願意去吃大便的！」李烈鈞看著眼前這個渾身臭的像大便的男人，眼神散發出詭異的光芒，不禁從他的頭巴下去。

「你最好！看你在子晴面前還敢不敢這樣放肆？」

聽到藍巧音的名字，李烈鈞必須承認自己思緒稍微混亂了起來，從那天吵架後他們好像進入了冷戰，他就算覺得那天被罵的莫名其妙想問個清楚，藍巧音沒有主動聯繫自己，他也不敢再輕舉妄動，但說實在的他還是很想和她恢復友誼。

「欸！雖然我不知道你是怎麼和她認識的，但我看你還挺喜歡她的，就不相信你不會多想見到她幾次！」

李烈鈞腦袋轉了轉，突然有了一種奇妙的感覺，是啊，想見她啊！想親口問她到底在氣甚麼？想要和她和好繼續像以前那樣聊天，如果說能見一眼把誤會都說開，要他再穿一次南瓜裝他也願意。

他清喉嚨，故作一副勉強的模樣：「好啦好啦⋯最後一次喔！我去就是了。」

「耶！太好了。來來來，看看身為好朋友的我幫你準備好的衣服⋯⋯」阿佑興高采烈地打開衣櫃，「這麼早就準備好了？根本就是料到我會答應⋯⋯」李烈鈞的無奈之中，異常地夾雜著一份期待，終於能夠見到藍巧音然後結束冷戰。

「酷斃了，我就知道我的眼光沒錯！太適合你了！」

李烈鈞看著鏡子裡這一套閃著螢光綠，極致緊身的青蛙裝，下巴完全掉了下去。不過是個變裝舞會，有必要做到這種程度嗎？雖然他再怎麼醜，羞辱人也不是這樣的吧。

「阿佑，你恨我嗎？」他看著樂開懷的阿佑，再看看鏡子裡的青蛙，醜人就沒有尊嚴嗎？

「不會啊，怎麼會？我跟你說啦，這一套我還幫你拜過，會招桃花啦！穿上去，再遇到公主害羞的親一下，嘖嘖，青蛙馬上變王子。」

「……」李烈鈞無話可說，如果一定要這副德性跟藍巧音見面，不如先殺了他吧！

阿佑拍拍他的肩，「我太滿意了！你當天一定要這樣登場！」

藍巧音最好真的出席，否則……他又瞥了一眼慘不忍睹的青蛙裝，「我就虧大了。」他輕嘆。

※

我托著下巴，轉著手中的原子筆，舞會啊…到底該不該去呢？

躺在床鋪上看書的子晴，拚命拉我一起參加舞會，「走嘛，一起去玩呀！妳當然要找傅恩傑一起去呀。搞不好你們就會是今年的國王皇后耶。」

「國王皇后有這麼好嗎？」

「當然啊！全場最風光就你們兩個，多好！來嘛，一起參加啦！每個人都必需要打扮成童話故事人物，很好玩的……唔？」她坐起來，接起突然震動的手機。

到底有什麼童話故事人物適合我？這種全校性的舞會，會遇到李烈鈞嗎？要是真的遇到了該說甚麼話好呢？

「嗨……阿佑，噢，我們當然都要去啊！巧音也會……」子晴每次接到阿佑的電話，說話的語氣總能瞬間變成撒嬌的小女孩。

「什麼？你說那個李烈鈞要扮青蛙啊？哈哈，親愛的你好壞唷，討厭啦光用想得就很醜……」一聽見李烈鈞的名字，耳朵便豎了起來。李烈鈞要打扮成青蛙？想見他穿青蛙裝的樣子，我忍不住噗哧一笑，「呃，怎麼了？」子晴移開手機，問我。

「沒有啦，子晴，我也想一起去舞會玩。」

「妳是說真的嗎？」，我點頭，她的專注力再次回到與男友的甜言蜜語裡。「親愛的，她答應了。我會和巧音一起參加舞會。到時候見啊！」

※

隨著童話舞會的接近，寢室討論起該裝扮成哪個童話人物。

「子晴妳看這個，白雪公主很適合妳耶！」阿芋目不轉睛地在網路上瀏覽著各式出租道具服，與子晴興奮地討論著。

皮膚白皙的子晴彎下腰看著電腦螢幕，「咦？好像不錯哦！幫我租幫我租，謝謝妳，我最愛妳了！」子晴水汪汪地雙眼眨呀眨，似隨時處於放電狀態。

「阿芋，妳要不要扮拇指姑娘？一定很可愛！」

阿芋翻白眼，「別趁機說我矮呀！我想辦藍色小精靈！」

「巧音妳呢？想好要扮誰了嗎？」

「沒甚麼想法耶。」

「妳又高又瘦，皮膚又白又光滑，眼睛水汪汪的，就算扮成醜小鴨都會變天鵝，有夠羨慕的！」

變漂亮後這些稱讚的話變成日常，連我這麼渴望美顏的人竟然也會開始心生厭倦，大家開口閉口地吹捧我的外貌，但這些美貌不是我能掌控，久了反倒有點心虛。

只有我知道，就算變成公主的外貌，我的本質還是灰頭土臉沒有自信的藍巧音。

「巧音，妳有沒有想要扮什麼？我們一起租比較便宜。」子晴問。

「嗯……我覺得，我扮灰姑娘好了。」我托著下巴，靜靜思索灰姑娘對我的意義。

李烈鈞偷聽到阿佑的小道消息，得知藍巧音要在童話舞會上扮灰姑娘，期待竟在他心中萌芽。

「藍巧音要當灰姑娘啊……。」他喃喃。

「我跟你說啦，就算她今天扮成一坨屎，也是正到不行。」阿佑突然跳起來，摩拳擦掌。這傢伙，有女朋友了還覬覦巧音？

「沒水準！你別拿這種低俗的事情比喻藍巧音好嗎？」李烈鈞揍了阿佑胸口一拳。

「唉唷生氣了？喂兄弟，認真的問你。」阿佑又黏到李烈鈞身上，李烈鈞不禁有點緊張

「問啊，搞得緊張兮兮。」

「你跟藍巧音到底什麼關係啊？還是說，你真的暗戀人家啊？」

「哪……有，誰暗戀她了。」李烈鈞感覺自己的回答稍微心虛。

「欸欸，平常開開玩笑還可以唷！但我奉勸你別認真喔！你也知道她男朋友是誰，先不論人品，光是外表分數就已經被淘汰了，你長這副德性，那種等級的正妹還是癡心妄想就好。知道嗎？我是為你好。」

李烈鈞沒有回話，點點頭，心情鬱悶的他決定去洗場冷水澡清醒一下，走進淋浴間，打開水龍頭，涼水一洩而下。

我喜歡藍巧音嗎？

我喜歡藍巧音嗎？

我喜歡藍巧音嗎？

他不斷審問自己，這個他一直不願正視，卻像滾雪球一樣越滾越大的問題。也許是有那麼一點吧，但就算他喜歡藍巧音，那又如何？

阿佑那句「你長這副德性，那種等級的正妹還是癡心妄想就好。」像隻禿鷹盤旋在他心上，憑他的長相就能決定生死？是不是今天他長得帥，就有資格喜歡美女？這是甚麼世道啊！李烈鈞想到這裡，心裡湧上一股洶湧的憤怒。

「就因為醜！」他一拳朝牆壁捶，濺起水花。

Chapter 09

我轉過身，看著鏡子裡頭的自己，「這是我嗎？」

鏡子裡有位身穿破布上衣、老舊圍裙，綁著頭巾的女孩，「這當然是妳囉，童話史上最美的灰姑娘。看看我，有榮幸當妳的小跟班嗎？」阿芋套上藍色小精靈的藍色緊身衣，洋洋得意走到我身邊。

我從來沒有想過，也從不敢想像，以前只能扮恐龍或是滑稽配角的藍巧音，和鏡子裡的這個女孩竟會是同一人，恍若一場大夢。連灰姑娘裡的神仙教母都會說，即使是奇蹟也需要一點時間。而我等了這一刻等了二十一年，有機會變成任何一位公主的時候，我卻覺得自己仍然是灰姑娘。

我端詳著放在書桌前頭的紅線，想起發生奇蹟的那一天，又想到等一下舞會可能巧遇李烈鈞，心情不免緊張起來。真的希望今晚能和他破冰和好啊。

李烈鈞心不甘情不願地套上衣服，心中覺得總有哪裡不對勁，都怪衣服太緊了，綳得他好想直接伸手抓一抓。

「幹，這是在整我嗎？」

鏡子裡頭根本不是人類，而是像到連神明都會拍手叫好的青蛙，擬真度近幾百分之百。

「哇靠，果然佛要金裝，人要衣裝！再也沒有人穿起來比你更適合了！超棒！」阿佑不知道在爽什麼，李烈鈞看了就滿肚子火，「那句俗諺不是這樣用的吧！」

對李烈鈞來說，在別人面前怎麼個醜法他並不在意，但在可能和藍巧音遇見的舞會上，這套愚蠢服裝真的不會扣分嗎？

「我不行！實在太丟臉了，我不要去了！」李烈鈞內心天人交戰，還是搖搖頭準備將衣服脫下，寧願和她繼續冷戰，也不要被她看到自己這樣腦弱的模樣。

「欸欸，不對勁喔！你什麼時候變的這麼害羞？」阿佑見他是認真的，有點緊張了起來。

「為什麼你可以當小王子，我就是青蛙？」

阿佑嘆了一口氣，搭上他好兄弟的肩膀，「阿鈞，衝動之前先聽我理智分析……」

李烈鈞不自覺停下手邊動作，雖然有預感他要講屁話，卻不自覺豎起耳朵。

阿佑舉起右手在空中畫了一個大圓，煞有其事一般：「生存在廣大的世界，茫茫人海中我觀察，女人最容易被三種男人吸引。第一是帥哥，這個你沒指望。第二是有錢人，這個我們也沒辦法。最後第三是怪人。在前兩個條件對你而言都是痴人說夢的狀況下，我們只能走第三條路。」

李烈鈞似懂非懂的點頭，阿佑又繼續說道：「而且你想想喔，到時候她旁邊一定會圍繞著一堆阿貓阿狗，他們都會想盡辦法穿的夠帥來吸引她的目光，但怎麼帥都帥不過傅恩傑啊！這時候如果你穿著超怪的青蛙裝跳到她身旁，藍巧音一定又驚又喜，最厲害的是什麼？就是在舞會黑漆漆一片時，你是螢光的啊！我簡直是你的專屬軍師啊，快點誇獎我！」

見鬼了，阿佑說的還真有幾分道理，雖然聽起來有點白爛，但搞笑詼諧的裝扮也許正是破冰需要的神助攻。

「加油啦！想打敗傅恩傑，只能把希望寄託在青蛙裝了！」阿佑大力拍了李烈鈞的背，「兄弟，我的青蛙裝是拜過求過姻緣的，沒問題的！」

李烈鈞笑笑，心想如果自己還是帥哥該有多好。

※

「不過去參加個舞會，你們幹嘛大包小包的？」我抓著灰姑娘髒髒的掃把，漢子晴阿芋一票人走往舉辦舞會的體育館，校園裡充斥著各式各樣的裝扮，只見她們神祕兮兮的提著包包，也不告訴我是怎麼回事。

「是我們的配件啦！」

「白雪公主需要什麼配件阿？不過就一顆蘋果。那個袋子裡不會裝了七矮人過來吧？」我調侃一番。

「唉唷，到時候妳就知道了，別急嘛。」子晴對我眨了眨眼，我們走進體育館裡頭。

會場的布置別出心裁，體育館四面綁滿了緞帶與夢幻的五顏六色氣球，舞台是迪士尼的城堡，天花板掛著小白雲，中間的舞池則像是漫步在雲端，輕輕柔柔的浪漫音樂，七彩絢爛的燈光，彷彿置身童話世界。會場已經擠滿了各式各樣的童話人物，所有想像的到的公主都登場了，大家非常熱絡地拿著雞尾酒和小點心跟著音樂搖擺聊天。

我在會場環視了一回，沒看到傅恩傑，也沒看到李烈鈞。

「親愛的！」阿佑爽朗的聲音傳來，穿著小王子整套服裝的他跑向子晴，陽光男孩即使扮成王子也是熱力十足，他將小王子的玫瑰花獻給子晴。

「哇！一開始就這樣也太浪漫了吧！很會嘛阿佑！」阿芋在一旁起鬨，子晴像白雪公主般優雅地接過阿佑的玫瑰，臉不自覺漲紅了起來，其他女孩們也紛紛發出笑聲。

看著他們已經玩開，我左顧右盼的在人群中尋找自己的搭檔。

「巧音，有聯絡上傅恩傑了嗎？」阿芋注意到一旁眼神飄忽的我。

「我打電話都沒有接呢。不知道發生甚麼事情了⋯⋯」

「哎呀，不要擔心啦，也許他要給妳一個大驚喜啊！反正他從沒讓妳失望過，對吧？」

「是啊！可能是我想太多了。」

「先不要管他了，我們先一起玩啊！舞會要開始了！」阿芋牽起我的手，帶我往舞池中央與大家會合。

我擠在人群裡，想起從小到大的舞會，總是悲劇收場。國小的畢業晚會，老師要同學牽手一起跳舞，我旁邊的男同學甩開我的手，甚至大哭著喊：「藍巧音好醜，我不要跟她牽手啦！」

我躲到廁所裡頭，偷偷地哭，在眾人面前只能裝作毫不在意，大家忙著安慰那位已經要升國中了還在哭的臭男生，而我呢？

國中露營那天晚上的營火晚會，惡夢再次降臨在我身上，當大家要圍成一個大圈繞著營火跳舞，自動將我擠了出去……我是說，我這麼大隻耶！竟然有辦法假裝自然地將我擠出去…所有人那天晚上都很開心，營火映在大家臉上，充滿了笑容，唯獨我，一個人在大圈圈外頭，在所有人之外偷偷掉眼淚，沒有人發現，沒有人在乎。

高中的聖誕舞會，我以為我躲的掉，但卻還是被朋友硬拉著去，當她把她新交的男朋友介紹給我時，我只想要鑽個地洞躲起來，因為她的男朋友是我暗戀了三年的對象。沒有意外地按照慣例，我依然站在牆邊猛嗑食物，直到舞會結束。

會場的燈逐漸暗了下來，把我的思緒從悲慘的回憶中拉了回來，聚光燈打在主持人身上，舞會要開始了。

「看來今天來了很多公主王子呢！歡迎來到童話舞會，在今晚，奇蹟都會發生！準備好施展魔法了嗎？」主持人生動的主持功力凝聚了全場目光，我忍不住懷著期待，也許奇蹟真的會發生，就像我變成美女一樣；也許這次的舞會跟以前都不一樣。

「在舞會的最後呢，有今晚的重頭戲，就是選出今年的舞會王子和公主喔！大家千萬要看好誰是你心目中的王子公主，投票給他們哦！我們也會有許多小精靈偷偷觀察大家，看哪一對跳得最深情最速配唷！事不宜遲，先來首慢歌讓各位培養感情囉！」

DJ放下第一首歌，是艾爾頓強的「can you feel my love tonight」，身旁的人逐漸成雙成對，而我還是抓著灰姑娘的掃把，遲遲等不到我的王子的身影。

我獨自遠離舞池，輕嘆一口氣，人就算變美，同樣的命運還是不會改變，我倚靠在牆邊，覺得鼻子和喉嚨都酸酸的，我等待著任何人出面解救我的落寞與孤立無援，可是以前累積的陰影開始籠罩著我的心情。為什麼我這麼漂亮的女生在舞會上竟然淪落到一人獨自站在舞池外，我看著舞池裡長相平凡的男男女女，臉上洋溢著幸福滿足的表情，看起來好快樂。老天，為什麼他們不是上等美女，卻能比我幸福？為什麼我明明得到我夢寐以求的人生了，卻還是跟以前一樣總在羡慕別人的生活？

一陣溫熱從頰上滑過，在我還沒意識到自己掉下一滴眼淚時，一個大大的手掌出現在眼前，伴隨著一張輕薄的衛生紙。

「這麼久沒見，妳還是一樣令人擔心。」我當然知道聲音的主人是誰，這不就是我來這舞會的另一個重要目的嗎？此時我卻膽小的連頭不敢抬起來

「低著頭眼淚會一直掉下來喔。」他的聲音有這麼溫暖嗎？是不是我太想念他了。

「我沒臉見你啦。」

「吼，藍巧音，妳今天這麼漂亮，抬頭挺胸嘛。怎麼可以低著頭哭呢？」他爽朗的鼓勵，讓我眼眶更加濕熱，於是先接過那張衛生紙，搭起看似斷掉的友誼橋梁。

「人家就想哭啊，要你管。」

「哭也要抬頭挺胸美美的哭呀。」他說，這番話聽起來還挺有幾分勵志作用。

情緒冷靜下來後，周遭的人群也隨著舞曲騷動起來，變得擁擠。我這才好好將他全身上下打量一番，整身螢光綠的青蛙連身裝，青蛙頭套……以及那有點令人尷尬的緊繃。跟著逐漸放鬆的破冰氛圍，嘴角來不及隱藏住心中的暗暗竊喜，當然他也發現了。

「你笑甚麼？」李烈鈞明知故問，但他就是想親口聽她說出來，她是因為他的犧牲演出而露出笑容。

「笑你穿得這麼誇張啊！這套衣服太厲害了，讓人不笑也難啊！」

「至少目的有達到啦！不枉費我這樣犧牲。」他不好意思地抓抓頭，眼神剛好對上，我們兩人不約而同再度笑了出來。

「這樣我可以當作妳不再生我的氣了嗎？」

他終於提起那天吵架的話題，我雙手一攤，難為情地聳肩，畢竟這件事情他是真的挺無辜的，但我絕對不會輕易讓他知道這一切都只是我自己心裡胡思亂想才引起的。

「我才沒有生氣。」

「最好是！雖然不知道為什麼，但能再這樣正常講話，我就不虛此行了哈哈！」

卸下心中的大石頭，我們在喧囂的舞池裡，講話音量越來越大聲，突然身邊圍上一兩個男生，提出共舞的邀請。

「請問……妳是藍巧音嗎？能不能……邀請妳跳支舞？」裝扮成米老鼠的男孩搔搔米奇耳朵，略顯害羞。

我第一次被邀約跳舞，頓時有些不知所措，但我還在支支吾吾時，李烈鈞說話了。

「不好意思，是我先邀請她的。」李烈鈞也伸出手，等待我的回應，我的選擇。

米老鼠和同夥的眼神飛快地打量他，很明顯地判定李烈鈞不是他們的對手，於是再度將眼神拋回我身上，等待我的答覆。

我對米老鼠擠出一個抱歉的笑容，將手放在李烈鈞攤開的掌心上，「抱歉，他先來的。」

米老鼠和同伴詫異的表情全寫在臉上，但仍然相當有風度地揮揮手，表明沒關係，隨後趕緊前往下一個獵物。

我們不約而同看著碰觸在一起的掌心，尷尬羞澀瞬間湧近兩個手掌之間，他趕緊收手。

「咳，我說，你真的要穿這樣子跳舞嗎？」我先關了話題，再一次將話題重點拉回他的青蛙裝，到底是鼓起多大勇氣才能穿上這套緊身衣走進舞會裡。

李烈鈞真的很想馬上揪出阿佑揍他一頓，都是這該死的青蛙。

場內歡騰的舞曲再度進入尾聲，ＤＪ切換到下一首抒情浪漫歌，顯然要安排一次慢舞機會。以我和李烈鈞現在的氣氛，肯定不適合跳抒情慢歌的。感到尷尬的不只我，李烈鈞清了清喉嚨，「不如我們去外面走走吧？其實我不太會跳舞。」有點不自在的樣子還挺逗人笑的，看來我們適合做朋友，任何看似會引領走向踰矩界線的場合都不能久待，一個閃神又會讓不該出現的尷尬情愫破壞掉我們才剛破冰的融洽。

我點頭如搗蒜，跟著他擠出人群，往出口的方向走去。

※

我們沿著學校裡的夢幻湖步道慢慢走，灰姑娘和一隻螢光青蛙。準備入秋的夜晚吹著涼風，少了點白天的黏膩悶熱，空氣中夾雜些許水氣，湖畔旁種的桂花香輕輕柔柔地揉進每一口呼吸。上弦月影倒映在湖水，懸盪在空中的一切全都沉靜下來了，我和李烈鈞的腳步聲和呼吸聲交錯。

經過湖畔一張空的長椅，我們坐下，中間隔著一個人的距離。我隱約聽到一旁的李烈鈞吐出一口氣，肩膀垂下來。他沒有講話，於是我決定先開口打破寧靜。

「終於遠離舞會的人群，其實我也鬆了一口氣。」我靠向椅背，享受前所未有的平靜與滿足。

「哦？我以為妳已經習慣被包圍了。」他的腦海裡回放著在人群中的藍巧音，她臉上的表情，官方版迷人笑容裡還藏著　點不自在。

我無奈笑笑，「怎麼說，倒也不是習慣。一開始很喜歡那種受歡迎的感覺，久了竟然有點害怕陌生人。」

李烈鈞爆出開朗的笑聲，「哈哈！妳終於知道我以前的感受了。看吧，我告訴過妳，當萬人迷很痛苦。」

我皺起鼻子，別過頭，還不願意承認這個事實，即便沒那麼快樂，但我當美女的日子還不夠久，還不夠，跟我當醜小鴨時承擔的痛苦相比，這種鬱悶只是萬分之一。

「我好像還沒有掌握到如何扮演好一個美女，才會這麼痛苦。」我說：「前萬人迷，你要不要傳授幾招，怎麼當一個人生勝利組？」

「你從哪裡看出我曾經是人生勝利組？」

「長得帥，又會打球，又受歡迎，怎麼看都是贏家啊。」

李烈鈞撇撇手，螢光綠的青蛙手在黑夜裡特別滑稽。

「才不呢。長得帥跟勝利　點都沒關係。相反的你長得帥，就好像甚麼都得優異過人，好像長得帥的人甚麼事情都做得好。」

「不是這樣嗎？」

「才不是呢。事情想做到一百分，我也得付出一百分的努力啊！又不是長得帥就不用努力，可惜沒人會在乎。大家都只會稱讚帥，有甚麼用？」

他講出一連串的委屈，我　時之間回不上話，他才發現我的楞傻，「啊，抱歉。不小心太激動了。」

「沒有關係。」

「不過我想妳應該沒有我這種困擾吧？變美一直是妳的心願。」

我仔細計算，變美後快樂的時間並沒有向上增長，心中仍然充滿著忌妒、羨慕、不安全感。但源頭究竟是甚麼呢？為什麼外貌改變，藍巧音還是不滿足呢？

我無法對李烈鈞坦然揭露心中的種種懷疑，只能點點頭，「是啊！美女生活還算滿意。」

李烈鈞起身伸懶腰，靠近湖面，突然壓低身子，靠得非常近，再一步就要跌進湖裡。

「你幹嘛？小心跌下去！」我緊張地叫住他，他卻勾起嘴角，用螢光綠的手叫我過去。

「藍巧音，妳過來。」他的聲音中飄散出難掩的興奮，我離開椅子，小心翼翼蹲在他身邊。

「哇靠，是我！」看見湖中隨著水波閃爍的倒影，我不禁大叫了一聲

倒映在湖面的是皎潔的月光，以及肥胖醜陋的女孩，是藍巧音，安靜的湖面彷彿響亮的一巴掌，把我從那些屬於美女的煩惱打醒，狠狠地提醒：真正的我，那個令人討厭的我，從來沒有從世界上消失過。而唯一知道這件事情的，是湖面裡那個好久不見的大帥哥。

「喂喂，講話好歹有一點美女的氣質好不好？……靠，我以前還真帥！」李烈鈞摸摸自己下巴，「……是誰說保有一點氣質的？」我斜眼瞪他，忍不住笑了出來，他也頑皮地笑了。

「又沒關係，反正我現在是醜男。」

「氣質跟美醜又沒關係！」

「好在老天還有點良心，留了個地方讓我們想念自己以前的模樣時能看看。」

李烈鈞笑道，語氣中夾著欣慰。

我嘟噥，「我才不想念呢……」我盯著湖裡那個醜小鴨，隨後將目光移開，跌回椅子上。

「看見自己那麼帥，還真有點想變回帥哥耶！」李烈鈞沒發現我心中暗暗的情緒，坐回我旁邊，這一次兩人的距離只剩下30公分。

我心頭一震，浮起了一絲恐懼。一旦他變回帥哥，是不是我也會被迫變回醜女？他重新擁有勝者的一切，而我就得回到悲慘世界，從此分道揚鑣，成為兩條再也互不交集的平行線。

「欸，如果可以選擇，妳會不會想變回之前的樣子啊？」他轉過頭看我，我再次將目光投射到水面，只剩下醜小鴨，徬徨在眼裡擺盪。

像李烈鈞和子晴這種人的人生裡充滿了選擇，所以才能夠若無其事地去假想，然而我不是，我的醜小鴨人生裡，從來沒有擁有過選擇的機會。所以回到他的問題，如果可以選擇，現在的狀態就是我人生裡最不需要選擇機會的時候，我不需要任何多餘的選擇來攪局。

「不想。我不想要任何重新選擇的機會。」

聽到她的回答，李烈鈞起初有些訝異，後來仔細想想也不需要太意外。從膚淺的角度來看，也對，如果能當美女帥哥，誰不想要呢？但他還是很好奇她的理由。

「為什麼？」

李烈鈞的問句其實都拋得很尖銳，很多他應該早就知道的答案，他卻逼得我必須說出口。

「唔？這還需要說，當然是當美女好。無庸置疑。這世界需要美女，不需要醜女。誰會喜歡一個醜肥婆？」

我閉上眼，試圖讓語氣聽起來像是在談論別人的事情，而不是我自己的處境，一切的殘忍套用在別人身上，都雲淡風輕，真可笑。

「我啊。」

李烈鈞被自己嚇了一跳，安靜的湖邊他的兩個字聽得特別清楚。剛剛的回話好像有點不太對勁。聽起來好像在告白。等等，告白，真的假的？

我被李烈鈞簡潔有力的回話嚇住，他這句話是甚麼意思？我沒有回話，他一派輕鬆地補上一句：「我的意思是，我就不討厭醜八怪啊。」

喔，原來如此，看來是我自以為是了。

「不討厭跟喜歡還是有差別吧！」

我發誓我的大腦跟嘴巴沒有同步，為什麼要這麼咄咄逼人啊藍巧音？清醒點，不管你有多渴望被在乎、被眷愛，現在都不是時候，他也不是妳應該恣意索求的對象。這次李烈鈞沒有說話了。很好，沒有被我得逞，我們的友誼目前相安無事。

「唉啊，等到我又變回醜八怪時，你不被嚇跑就很好了啦！」

「才不會。我覺得妳不管怎樣都好，藍巧音還是藍巧音，不隨外表改變，這才是最重要的事情。」

李烈鈞難得正經地說著，我的心卜卜跳著，加速中，臉蛋也燙了起來。

「……你，你屁！」我將目光從他雙眼移開，掩飾我的害羞。

「嗝！」他突然打了嗝，而且停不下來。

「嗝屁喔！」

「妳又沒氣質了！我又不能控制，嗝！嗝！嗝！」

「聽說閉氣可以停止！快點，我來幫你！」我作勢要掐住他的喉嚨，李烈鈞嚇得又一連打了好幾個嗝，止不住的打嗝讓他尷尬脹紅了臉，我們笑成一團。

李烈鈞非常珍惜這種感覺，輕鬆自在，有個人可以容忍自己的幼稚，毫無壓力地打鬧著，這是第一次有一個人，能讓他放心相處，不需要任何擔心。

我拿他沒轍，於是大力地從他背打了下去。

「啊！」他大叫「小姐，出手輕一點好嗎？知不知道青蛙裝很貼身啊……真是的。」他右手從上往下抓，左手從下往上抓，偏偏我打的地方是中間，他想摸都摸不到。被他這樣滑稽的動作一逗，我停不下笑聲。

李烈鈞雖然背痛的要命，可是看見眼前這位缺乏自信的女孩跟自己在一起，笑得如此燦爛，自己應該……也是讓她很自在的吧？

「巧音！妳在這裡幹什麼呀？」子晴她們的聲音從後方傳來，打斷我們笑聲。

我們兩個像觸電般跳起來，立刻離的遠遠的。

「嗨……子晴，妳們怎麼會在這裡呀？」我跳起來，一不小心滑了個跤，李烈鈞即時扶住我的腿，在非常不巧的時機，構出一幅尷尬的畫面。我趕緊站穩，李烈鈞放開手。

「我才想問妳怎麼會在這裡！而且妳跟……又是你，李烈鈞！你究竟要糾纏藍巧音多久？」子晴氣沖沖問。

李烈鈞看到子晴就頭痛，不管是帥哥時期還是醜男時期，他最不想打交道的人絕對是這個沈子晴，但偏偏她總是和他身邊的人有關聯，阿佑、藍巧音，他就是避不開子晴這號棘手人物。

他無奈將雙手一攤，像被警察逮到的現行犯，「就算我說我們在聊天，妳也會覺得我在糾纏吧？」

我感受到子晴和李烈鈞之間的劍拔弩張，連忙緩頰，沒想到是提油救火。

「子晴，妳不要誤會啦！我們沒甚麼！」

子晴對我狠瞪，好像這個犯罪現場我也是共犯之一，「妳幹嘛亂跑？為什麼每次都被這醜男拐走！」

「喂，講話有禮貌一點好嗎？」李烈鈞說

「哼，對付你這種不自量力的人不必！我再警告你一次，不、要、接、近、她！」

子晴和阿芋抓起我的手，我被半拖半拉離開，「巧音，快點來吧！是時間把灰姑娘變公主了。」我回頭看著站在原地的李烈鈞，臉上沒有表情，眼底有道不盡的無奈。

「對不起……」我喃喃，但願他聽得見。

這種情況要發生多少次呢？是不是只要他們還掛著現在的面具，就連做朋友也不被允許？李烈鈞像洩了氣的皮球垂著肩膀，低頭看著這身愚蠢的青蛙裝，暗笑自己的無知與天真。這種無力感是以前的藍巧音每天都在經歷的心情嗎？他苦笑悶哼：「哈，果然，青蛙永遠是青蛙，灰姑娘遲早會變公主。」

他用最快的速度跑回宿舍房間，脫下這一身笨蛋服，換回襯衫和牛仔褲，看著鏡子裡的自己，依舊那種青蛙臉。

到頭來，他才突然領悟，本來就屬於不同童話的人，又怎麼能冀望走進同一個故事裡呢？

Chapter 10

原來子晴她們提的那一大袋裡頭裝的是公主裝，準備在最後票選舞會國王和王后時讓我換上。在廁所卸下灰姑娘的衣著，鏡子裡的我是變身後的公主。

我的腦海中閃過方才李烈鈞眼中的無奈，心竟然揪了一下。

不知道他還好嗎？後悔莫及，我當下應該站出來說點話的。

「果然很漂亮啊！巧音，妳是天生的公主命！」子晴替我整理好裙尾，在我一旁講道。

「巧音？巧音？妳還好嗎？」阿芋在我眼前揮揮手，我從恍神中醒來。

「……啊？啊？喔……我沒事！只是有點累。」我揉揉眼睛，看到的還是美的要命的我，但我對鏡子裡頭的自己卻越來越陌生……

「現在就累那怎麼行！走吧走吧！」

恍惚之際，我被姊妹們拉回舞會會場，主持人及大家的歡呼鼓掌聲傳入耳中。

要我換上這身衣服的意思有甚麼用意嗎？

「噹噹！票選結果出來了！」主持人清清喉嚨，「經過一番廝殺，今晚最新的party king和

party queen誕生了！」

「巧音，準備好了嗎？」阿芋她們牽著我的手，興奮的表情全寫在臉上

「準備甚麼啊？」我一頭霧水，看著台上的主持人舉起麥克風，聚光燈絢爛地打在舞台上。

「讓我們歡迎企管系的傅恩傑和……咦？等一下……」

主持人睜大眼睛再次確認手裡的紙卡，不確定是否要唸出來，最後清清喉嚨：「和新科舞會皇后，外文系的鞏茜！」

大伙兒本來準備將我拱上台，一聽到最後的名字不是我時，瞬間尷尬。

「……怎麼可能啊？怎麼可能是鞏茜學姊？」子晴不解地問道，眾人面面相覷

我在腦海裡搜尋對於鞏茜這個人的印象，隱隱約約想得起她的面容。傅恩傑的青梅竹馬學姊，生日派對那天就是她送他回家。

看著那張豔麗性感的成熟臉蛋，姣好的身材即使是米妮的點點洋裝也遮不住，完美的曲線，說是零死角美人完全當之無愧。

只見子晴她們一臉錯愕，帶點尷尬的氛圍，我完全無法理解為什麼會有這種反應，因此開口緩和：「大家幹嘛這麼驚訝啦！鞏茜學姊真的很美啊！她當選舞會王后也很理所當然呀！不要放在心上啦！」

「不應該是鞏茜才對阿……」

「哪有什麼應不應該啊，你們好怪喔！到底為什麼啊？」我問，輸給鞏茜我心服口服。

子晴稍皺眉頭，支支吾吾，「呃……其實是因為……」

阿佑沒等子晴說完，難得的打斷子晴的話。「只是結果真的很出人意料之外阿！你們大家

說是不是？原本以為最美的巧音會打敗翚茜的，沒想到還是翚茜小贏了幾票！也還算可以啦！是吧？巧音妳也不必太難過了！」

阿佑說起這番話，總有點心虛。「喔喔！對呀對呀！所以我們才會這麼失落！」

姐妹們像是突然被點醒一般，不停點頭以表同意阿佑。

我淡然地一起陪笑，上帝讓我變的這麼美，我已經心存萬分感激，也不必去爭什麼王后不王后的。只要不必像灰姑娘一樣午夜鐘一打就變回原形，我就感激無比。

「現在請學生會長幫今晚的國王和王后戴上象徵勝利的王冠！」又傳來主持人興奮的叫聲，將大伙目光再度拉回舞台上。

聚光燈照耀下，翚茜微笑的弧度幾近完美，眼睛閃爍著光芒，看著……她身邊的傅恩傑。我必須承認，傅恩傑的確長的迷人，也是那種所有女孩小時候在夢中勾勒出的白馬王子的形象，就連我也不例外。

在變美的那個晚上之前，我是一隻醜小鴉，只敢躲在角落，望著傅恩傑以及他身邊的女孩，每個曾在他身旁受他呵護的女孩總是美麗。在他身旁的人，再怎麼樣也輪不到我。

然後，就在我一夕之間變為美女後，我竟然成為他愛著的女孩。和傅恩傑交往是我萬萬沒想過的事情，雖然他非常溫柔體貼，卻仍有一點點陌生，不過我是真的挺喜歡他，而且試圖越來越投入在這段感情裡，要不是變成美女，我可能這輩子都還沒有機會談上一場真正的戀愛。

我站在台下遠處，看著台上的他們，有那麼一瞬間，我的心情就好像回到我還是那隻醜小鴨，從遠處凝望傅恩傑和身旁眾多女孩的那個時候。有那麼一瞬間，我覺得我還是我，我沒有變。

翚茜露出微笑，覺得心滿意足，現在站在傅恩傑旁邊，當上舞會王后的是她，不是別人，更不是藍巧音。她終於等到這一刻了，從十四歲那年開始直到現在，終於是她站在他身邊了。

舞會國王和皇后，除了依照人氣票選外，也必須是舞會當天晚上共舞最深情的一對。鞏茜不知道傅恩傑的女朋友怎麼會沒有出現，只記得當她看見傅恩傑一個人在舞池外落寞的神情時，她心裡起了漣漪。明明知道不應該，但是這是他的女朋友自己沒有把握好，於是，她走向他，伸出手向她的白馬王子邀請共舞……

傅恩傑被戴上皇冠，在台上以慌忙的視線快速掃過台下人群，終於看到了他想找的人，心裡浮起愧疚感。

在這麼重要的晚上，他因為打球扭到了腳踝而遲了舞會，卻尋不著藍巧音的身影。他站在舞池外，心裡想著他的公主究竟去了哪裡，腳踝的隱隱作痛似乎轉移到心上頭。直到另一位女孩從黑暗中走來，伸出手邀請他，傅恩傑輕嘆一口氣，將手搭了上去……

短短的三分鐘，傅恩傑幾乎忘記了他的腳傷。鞏茜放慢速度，不想勉強受傷的傅恩傑。他的手禮貌地輕放在鞏茜的腰上，鞏茜手搭上他的肩，兩人慢慢的，輕輕的搖擺，想搖去兩人之間的小小尷尬。一直是朋友的啊！當了這麼久的朋友，從來沒有像個大人一樣共舞。

也許是音樂、燈光太催情、太浪漫，傅恩傑將眼神焦點移回鞏茜，而不是隨意亂看，這才發現眼前的女孩已經長大了。從他還比這位國中班長矮的時候打打鬧鬧，到現在她一雙動人的眼眸，閃閃爍爍著，他從來沒這樣看著鞏茜，誰知道就定住了眼神，她正在發著耀眼溫柔的光芒。

鞏茜和他凝視著彼此，在對方的眼珠裡看到了自己，在對方的眼珠裡頭，只看見了自己，好似世界只剩他們兩個，在將近七年的時間，在來來去去的歲月人海之間，終於只剩彼此。

他們輕輕搖擺著，傅恩傑的手稍用了力，兩人又更近了些。一公分的距離變化，能讓世界完全不同，讓兩個靈魂相依。

然後，傅恩傑低下頭，鞏西仰起頭，他們給了彼此一個意外卻深情的吻。

鞏西在傅恩傑轉身下台臨走前，抓住他的手，在耳邊輕輕地說：「喂！」

他沒有說話，但已經下定決心，不論她提出甚麼要求，他的答案都會是好。

「明天一起吃早餐吧，八點。」

傅恩傑還是猶豫了幾秒，腦海中切斷藍巧音站在台下的模樣，「好。」

※

舞會結束一小時後，我才接到傅恩傑的電話。

「巧音，妳去哪裡了？整個晚上都沒遇上妳！」

我剛在宿舍換下公主裝，心裡好失落，特地換上的公主裝，我的王子卻整晚缺席。沒見著傅恩傑，和李烈鈞尷尬收場。

「我剛回宿舍換衣服啊。你也是，我整晚都沒和你說上半句話。」我登入社群帳號，不知不覺往李烈鈞的帳號看。他在。

準備開啟對話框，他的動作比我快了一步。

我不是帥哥 說：舞會結束了？

青蛙公主說：嗯，你沒待到結束？

李烈鈞回到宿舍後，悶了整個晚上。手一鈍一鈍地打在鍵盤上。

我不是帥哥說：我們是不是連朋友都很難當成？會不會其實妳開始討厭我了？

「我在女宿外面，妳想出來走走聊聊嗎？」傅恩傑在手機那頭說道。

我看著視窗上李烈鈞打出來的字，不知道該怎麼回答，但答案很確定，我絕對不討厭他。

青蛙公主說：我不討厭你。

匆匆回完這一句，我抓起椅背上的薄外套，往女宿外走去。

看見傅恩傑手叉口袋，踢著石子。

李烈鈞看見她的回答，鬆了好大一口氣，算是卸下心中的大石頭。

他該繼續問嗎？問他想知道的問題。到底該不該呢……

我不是帥哥說：妳喜歡我嗎？……我猜，我可能喜歡妳。

李烈鈞回過神來，已經看見自己敲出這行字，並且送出。

「……啊啊啊啊！！啊！啊啊啊！不……我是白痴嗎！」他懊惱地看著螢幕，千真萬確，已經打出去了。

天成隨意答腔：「你本來就是白痴命。幹嘛？做了什麼好事。」頭也不回的繼續打魔獸。

李烈鈞抓著頭髮，覺得自己要嘔吐了。他怎麼會這麼愚蠢！

從小到大，這是他第一次感覺到自己好像喜歡上一個人，他不知道什麼叫做正確的時機告白，也不曉得這算不算，但不管算不算，這都不是一個好時機……

「我做了一生中最白痴的事……完了完了！」

「幹嘛啦到底是什麼事？煩欸！！」

「……我剛剛，跟藍巧音告白。」

天成大罵了一句三字經，猛然回過頭來，「你真的，無可救藥的白痴了。瘋了瘋了……」

一直看到傅恩傑走路一跛一跛的，我才知道他今晚舞會遲到的原因。

「那妳呢？都去哪了？到處都沒看見妳。」他問我。

我該告訴他，我跟李烈鈞在一塊兒嗎？老天爺，我沒談過戀愛，這種話到底能不能講啊……？算了，誠實為上策。

「呃……呃我，我跟李烈鈞在外頭聊天。」我吞吐。

「……李烈鈞？很醜的那個李烈鈞？妳丟下我然後跟他在一起？」聽到李烈鈞的名字，他的表情瞬間僵起來。

「……你一定要用醜這個字嗎？他長得很醜，但還是好朋友啊！」聽到別人罵他醜，就好像回到我被罵醜的日子。我不只很害怕，還很受傷，而當我終於有機會勇敢說出這句話時，我卻諷刺地漂亮。

「妳什麼時候開始幫他講話了？妳明明知道那個醜男跟我們不同世界。和他當朋友只會拉低妳的身價！」他大吼。

我傻在原地，不只是因為他吼我，而是我第一次赤裸裸地聽到這些話。原來長得好看的人，是這樣看待長得醜的人嗎？正因為這些人都不是真正的壞人，這些真心話才顯得格外傷人。

傅恩傑見我傻在原地，方知話說得太重，「……巧音，我不是那個意思。妳知道的，我只是……整個晚上沒見到妳，太想念妳。」他牽起我的手，擔心的看著我。

我也連忙收起自艾自憐的情緒，「……沒事。那你整個晚上都跟誰跳舞？恭喜你當選國王！」

傅恩傑皺了眉，「喔……就，亂和朋友跳。受傷了也不能跳什麼。」他苦惱的看著扭傷的腳，試圖裝做不在乎。

「票還是湊巧而已……巧音，我很對不起。」

「有什麼好對不起的？你又沒做錯什麼事。」

傅恩傑伸出手，「那，公主，妳願意跟我跳一支舞嗎？」

「在……在這裡嗎？」我看著四周，雖然已經接近平夜，但是在宿舍前跳舞還是很令人匪夷所思阿。

「有什麼關係？來嘛……」傅恩傑牽起我的手，慢慢的旋轉，嘴裡輕輕哼著華爾滋。

我跟著他的腳步，慢慢地踏出舞步，優雅的旋轉。

傅恩傑輕哼著歌，握著藍巧音的手跳舞，腦海卻不停浮現今晚他和鞏茜的一切，還有那個吻。

到底怎麼回事？他怎麼會不停想起鞏茜的臉？眼前的女孩才是屬於他的啊。

但在他受傷時，伸出手帶他逃離黑暗的卻不是她……一直以來，都是鞏茜陪著他度過黑暗，他怎麼會就這樣忽視她，直到現在才終於發現她閃耀得無法忽視呢？

傅恩傑停止唱歌，突然將我擁入懷中，抱著我，什麼話也沒說。

「怎麼啦？我跳得不好嗎？」

「對不起。」他再一次道了歉。

「……真的沒關係啦。」

「……對不起。」傅恩傑的肩膀發抖

他在哭嗎？

「你怎麼啦？沒事呀沒事，怎麼了？」我拍拍他的背，開始擔心起來。

「巧音，真的對不起。舞會的事情。」

「沒事沒事！別哭呀！」

在昏黃的路燈下，我抱著哭泣的傅恩傑，第一次感覺到這麼無力。第一次發現我也口是心非了。受傷的人總笑著說沒事，傷害別人的人卻總先哭了。這世界就是這樣子運作的。

Chapter 11

「我說這位先生，你是認真的嗎？」天成盯著來回踱步的李烈鈞，覺得這個傢伙簡直不自量力。

李烈鈞攪盡腦汁，想破頭也想不出有什麼好辦法挽回頹勢。

我到底在幹什麼？我到底為什麼會那樣講？李烈鈞想了又想，這才回想起藍巧音一個人落寞的神情。

「難道……我不是喜歡她，只是覺得她看起來很可憐？……不對啊……」他摸摸下巴，又回想起前幾天對她產生的那種奇妙感覺。從小到大，他只有被別人喜歡的份，從來沒有過喜歡上別人的感覺，這種模糊不清的感覺，難道就是喜歡嗎……？

「算了！現在沒時間管喜不喜歡，先把緊急狀況搞定再說！」李烈鈞敲定主意，馬上撥了通電話給阿佑，「喂？阿佑！子晴還跟你在一塊嗎？」

「沒有啊，剛剛把她送回宿舍了。幹嘛？」

「你馬上給我子晴的電話！」

「神經病，你要她的電話幹嘛？我女朋友的電話可是不會……」

「快點啦！馬上給我！」李烈鈞在手機那頭大吼

阿佑被這麼一吼，火氣都上來了，但仔細想想，李烈鈞也許有原因的。

「好，我給你。但等我回到宿舍你就完蛋了。」

太棒了！只要打給子晴，問她房裡情況如何，一切就知道了！

李烈鈞馬上撥打阿佑給的號碼，「喂？子晴嗎？我是李烈鈞。」

「……李烈鈞？你怎麼會有我的號碼？有什麼事嗎？」子晴回到寢室，只見穿著卡通服先打起電動的阿芋。

「藍巧音現在怎麼樣？」

「巧音？她不在寢室裡啊！」子晴皺眉，這麼晚她會去哪？「阿芋，妳知道巧音去哪嗎？」她掩著手機，阿芋抬起頭，差點死了一個小兵。

「她剛剛接到傅恩傑電話後，就匆匆忙忙出去了呀。應該跟傅恩傑在一起吧。」

李烈鈞聽到那頭的談話，鬆了好大一口氣，卻也有點洩氣。

竟然跟傅恩傑在一起啊……！

不過，把握這個絕佳時機！一定要叫她幫忙刪掉對話紀錄！

「呃，子晴，我可以拜託妳一件事嗎？」

「幹嘛？可以快點嗎？我很累。」子晴稍表不耐，這個李烈鈞到底想搞什麼花招？

李烈鈞吞吞口水，讓子晴知道，她會守住祕密嗎？

「呃……可以請妳，看藍巧音的電腦，有沒有一個我不是帥哥的對話框？」

子晴翻了翻白眼，拜託，竟然要她去窺探好姊妹隱私？

不看還好，一看她實在……

「什麼跟什麼阿！李烈鈞，這不會是你吧！！瘋了嗎？」她簡直不敢相信自己的眼睛，「你有沒有搞錯阿？你跟巧音表白？」阿芋放下手機，嗅到了八卦的氣味，黏了過來。

真希望上帝發給每個男人一個可以調整女人音量的遙控器，那頭傳來陣陣咆嘯，李烈鈞不得不將手機移開。

「噓……噓！也不算啦……就是，呃……」他慌亂的不知如何解釋，「總之就是……」

「李烈鈞，我最後一次警告你，不准來騷擾巧音！她有男朋友了，而且那個男人是傅恩傑，除非你去整形，不然你是不可能贏過他的。知道嗎？永、遠、不、可、能！藍巧音不是你喜歡得起的人，趕快放棄。聽懂了嗎？」

子晴這段潑婦罵街，李烈鈞可是被燃起熊熊怒火。

什麼叫做除非他去整形？對，他現在是長的很醜，但難道女人就這麼膚淺，只看得見一個男人的外表而已？真的態度可以差這麼多？

姑且相信全天下的女人都如此好了，藍巧音是他相信唯一絕不會以貌取人的女孩，而且她也是最不應該以貌取人的人！

憑他現在有一張不好看的臉蛋，他就沒有資格喜歡他想喜歡的女生嗎？子晴整段話都可笑至極！也不知道哪來的熊心豹子膽，李烈鈞聽起來格外冷靜地說出一字一句：「不，我只是想拜託妳確認而已。而且，請妳務必、一定要提醒她，看見我的告白。就這樣，謝謝妳，再見。」

李烈鈞結束通話，無力地攤在螢幕前，望著自己打出的那行字……

我可能喜歡妳。

阿佑進門，嘻嘻哈哈地扣住李烈鈞的脖子，「好了，現在給我說清楚。你找子晴幹嘛？」

「……我剛剛跟藍巧音表白了。」

阿佑嚇得跳開，「什麼？你瘋了嗎？我有聽錯嗎？世界上有同名同姓的藍巧音嗎？」

李烈鈞發洩地吐出一口氣，「為什麼連你都說我瘋了？對！好，我承認我是瘋了，但是憲法有規定，喔！李烈鈞不能喜歡藍巧音嗎？還是應該要說，對！醜男沒有資格喜歡美女？」

李烈鈞提高聲量，心裡很不是滋味。他活到現在，第一次有了喜歡的女生，卻沒有人支持他。他突然同情起以前的藍巧音，她以前會不會也有喜歡的男生呢？卻總是受到旁人這樣對待。

「首先，你會認識藍巧音已經夠奇怪了，你們是不同圈子的人，最近突然聽你一直提起她，這點很詭異。第二，也是最重要的一點……」阿佑拉了張椅子坐下

「什麼？」

「你瞎了嗎？你瞎了嗎？」阿佑激動起來，雙手一攤，「今天舞會國王是誰你沒看到嗎？是傅恩傑！喔你可能不知道傅恩傑是誰，讓我更清楚地向你解釋，傅恩傑就是你喜歡的藍巧音的男朋友！！它媽的男、朋、友，這樣你懂了嗎？」

「舞會國王？我不知道，我沒待到最後。」李烈鈞喪氣地垂下肩膀，天啊，他到底在做什麼？他撐著頭，試圖整理混亂思緒。他是不是搞砸了，不僅藍巧音會感到困擾，他們之間單純

的革命情感也跟著他的衝動灰飛煙滅。

李烈鈞非常懊惱，「阿佑……你說的對。就算今天我是個大帥哥，我還是不應該去喜歡有男朋友的女生……」李烈鈞記得藍巧音跟傅恩傑走在一塊兒時，在陽光的閃耀下，那景象美的像一幅畫。

阿佑猛然想起，舞會國王和皇后，必須是當晚跳的最深情的一對……這也是為何當時大家那麼尷尬的原因。跳的最深情的一對……不是傅恩傑和藍巧音，而是傅恩傑和犖茜？

「怎麼辦，訊息已經送出去了……」李烈鈞轉頭問阿佑，只見他起身，拍拍他的肩膀，「You know what?兄弟，你也許有機會。比賽還沒結束，還有機會。」

李烈鈞的頭頂當場蹦出一個大問號，什麼意思？阿佑這番話隱含什麼嗎？

「喂，阿佑，什麼意思阿？欸你回來啊去哪啊……？」

阿佑抓起衣服，走出寢室，「洗澡啦。」

到底是什麼意思？李烈鈞摸摸下巴，還是想不透，阿佑那種猛然想起什麼的表情，還有那一句話。他爬上床，覺得全身痠痛，「天啊，真希望這惡夢的一天快點結束。」他翻身，進入夢鄉。

※

子晴和阿芋盯著螢幕上驚人的對話框，始終拿不定主意。

「巧音跟李烈鈞竟然這麼熟？好奇怪。」阿芋說。

「哼，開什麼玩笑……李烈鈞喜歡她？讓巧音知道的話，只會把事情弄得更複雜而已。」

阿芋是有聽沒有懂。「所以，妳是什麼意思？」

子晴的手放上滑鼠，「就是這個意思。」輕巧一點，她將藍巧音與李烈鈞的對話歷史記錄刪除。

「喂喂，這樣不太好吧……隨便刪她的東西……」阿芋跳開，坐回她的位子，方便撇清關係。

子晴挑眉，「才不會，我是為她好。」

回到宿舍時已經熄燈了，子晴和阿芋今天難得早早上床睡覺。

我躺在床上失眠，翻來覆去。

這個晚上的心情無以名狀的複雜，在湖面看見了原本的自己，看見原本帥氣的李烈鈞、看著傅恩傑和鞏茜並肩站在台上、傅恩傑抱著我突然地哭了起來……一連串的事情我還來不及消化。

好奇怪，自從變美的那一天起，一天一天過去，我越來越不認識自己，越來越多口是心非的時刻，只有在李烈鈞身邊時，我才發現我沒有變。

我其實越來越喜歡傅恩傑這個人，但我才發現他對我終究是張陌生的帥臉，而他喜歡的我……也不是我。全世界好像剩下李烈鈞知道真正的藍巧音是怎麼樣的一個人了。

我伸手抓起手機，卻不知道接下來該打些什麼。

你還滿適合青蛙裝的？不，這樣是聽起來好像在挖苦。摁……再想想……
今天和你聊天很開心，希望下次還能有機會。呃…聽起來太客套了。
我到底想跟李烈鈞說些什麼啊！
嗯，有了。就這樣傳吧。
我飛快地打起簡訊，送出。

謝謝你，李烈鈞真的是我認識的人中最好的人。晚安。

Chapter 12

手機鬧鈴在清晨大響，李烈鈞睡眼惺忪地在枕頭邊找尋手機，「喔，七點五十五。」

他正準備再次闔上眼，螢幕上傳訊者的名字讓他從渾沌中驚醒。藍巧音。

她會說什麼呢……？

他深深吸了一口氣，鼓起勇氣。

謝謝你，李烈鈞真的是我認識的人中最好的人。晚安。

他歪著頭，心想這難道是……這是傳說中的好人卡？

李烈鈞探頭看另一邊的阿佑是不是已經出去了，是的話他要跟他絕交，竟然拋下他自己去趕第一堂課；如果不是，正好可以商討一下。

阿佑依然呼呼大睡。

「喂，阿佑！起床起床！」李烈鈞跳下床，爬上阿佑床鋪的梯子，搖著阿佑。

「……吼……煩欸！現在幾點了…」阿佑翻過身，只是換個姿勢睡。

這個男人怎麼這麼會賴床，真是沒用！李烈鈞心想，「快點起床啦！八點十分就有課，已經八點了！」

「……你很吵欸……」

「你要睡到課堂上再繼續睡好嗎？現在兄弟有難，需要你幫忙啊！」李烈鈞靈光一轉，跳下梯子拿起放在地上的臭襪子，再度爬到阿佑身旁，將襪子放在他的鼻子上。

「幹！什麼這麼臭！……李烈鈞，你到底有沒有良心啊？」阿佑坐起身，精神全來了。

李烈鈞亮出手機，「快，快跟我講這是什麼意思？」

「什麼啦……」阿佑揉揉眼睛，搶過手機

「她說我是一個很好的人，喂阿佑，你覺得是什麼意思啊？是她看到我的表白後，發好人卡給我嗎？」

阿佑癟著嘴，目不轉睛地看著手機。

「你快點跟我講啦！！」

「兄弟，你知道嗎？」

「什麼什麼？」

阿佑示意李烈鈞讓開，然後排下梯子，「我沒有吃早餐就無法思考，請我吃早餐我再來幫你說文解字……」他抓起漱口杯，「對了，你要是沒刷牙，豬也不會跟你在一起。」

李烈鈞在心裡暗罵一聲，也匆匆抓起盥洗用具，準備打理自己醜的要死的儀容。

果然，鏡子裡，醒來還是一樣醜。李烈鈞開始有點想念帥氣的自己……

眼看第一堂八點初的課就快遲到了，李烈鈞和阿佑小跑步到學校福利社的早餐店，「快點啦！快來不及了……啊！」，跑在前面的阿佑突然停下腳步，「你幹嘛？還不快點！」李烈鈞

嚷嚷

阿佑看著坐在角落那桌的兩個人，那種組合實在令他費解。

「欸，錢給你，你去幫我買。我有事。」

※

傅恩傑起了個大早，一直惦記著鞏茜昨晚最後的邀約。其實他猶豫不決了整個晚上，和鞏茜單獨去吃早餐，真的好嗎？

想起舞會的那幾支舞、鞏茜走過來⋯在燈光下的身影、她低頭微笑的弧度、掌心的熱度……還有那個擾亂他所有思緒的吻，他就心煩意亂。

除了慌亂，他想，也許混雜了很多心虛。

但只是吃個早餐，一定是自己想多了。於是他飛快地打起簡訊，**今天有事，不能和妳一起吃早餐喔！**好似打的越快，心虛的時間也才不那麼長。確認寄出給巧音後，他穿起鞋了，帶上門，迎接新的一天。

鞏茜看著傅恩傑從遠方一跛一跛地走來，表面上雖然平靜，內心卻早已泛起漣漪。

他們昨夜跳了舞、當選了國王皇后……傅恩傑還親了她。她在他身邊守候了這幾年，終於輪到她當女主角了。他終於看見她的存在了嗎？

想到這裡，她的心跳就隱約加速。有幾個瞬間，她真的相信他們也許有機會。
「嗨，早安。」她說。
「嗨，早。」他說。
兩個人的心跳竟然各自加速著，彷彿回到十五歲青春校園裡的忐忑與青澀。沉默隨即散開。
「那就，一起吃早餐嗎？」翬茜不知道自己講話也會有出槌的時候，她在講什麼啊！
傅恩傑開朗的一笑，化解起初的尷尬，「這不就是我出現在這的目的嗎？」
翬茜傻了幾秒，隨後也笑了起來，這個早晨格外的真實、乾淨，不必任何虛假。
當了這麼久的朋友，彼此都知道這一刻起已經無法用朋友眼光相看了。

※

阿佑看著角落那兩個人有說有笑，他撥了通電話給子晴，「喂？親愛的，早安啊！」
子晴這麼早接到阿佑電話其實挺意外，她們一行人坐在學校外頭的早餐店，難得姐妹們全員到齊一起享受早晨。
「早啊，你這麼早打給我怎麼了嗎？」
「藍巧音現在跟妳們在一起嗎？」
子晴覺得奇怪，怎麼最近大家一直問有關巧音的事情。李烈鈞就算了，連阿佑也問。
她看著大口吃著漢堡的巧音，覺得她沒什麼好令人擔心的。「對呀，她在我對面吃的很誇張呢……」

「她今天怎麼沒跟傅恩傑一起？不是平常都一起吃早餐嗎？」阿佑問，看著鞏茜被傅恩傑逗的眉開眼笑。

「她說傅恩傑傳簡訊講他有事，沒辦法跟她一起吃。你很奇怪耶，問這麼多幹嘛？」

有事啊，傅恩傑你好的很啊！所謂的有事，就是跟青梅竹馬吃早餐嘛。阿佑心想，「喔，沒事啦改天再說，慢慢吃吃飽一點喔，愛妳掰掰！」他匆匆掛上電話

李烈鈞已經拿著蛋餅走過來，「欸欸，你看見沒？那不是傅恩傑嗎？」他鬼鬼祟祟說著，「李烈鈞！」

「幹嘛？」

「你比起那傢伙，實在好太多了。我支持你。」阿佑拿過他的蛋餅。

「你在講什麼啊？我完全不懂欸。」李烈鈞跟上他的腳步，回頭看看傅恩傑和那個漂亮女孩，依然有說有笑。

「你喜歡藍巧音，我支持你。」

李烈鈞聽到好朋友這麼挺自己，感動的幾乎要把自己的蛋餅也送給他，不愧是好兄弟，帥或醜，他還是有這麼好的朋友在身邊。

「但你為什麼睡了一覺變這麼多啊？昨晚不是還罵我！」

「因為傅恩傑是個爛人。」

李烈鈞不解，阿佑怎麼突然態度有了一百八十度的大轉變，莫非跟剛剛的女孩有關？

「……鞏茜當選了舞會皇后，舞會皇后就是和傅恩傑在舞會上跳的最深情的人。」阿佑停下腳步，一個一個字說的很清楚。

李烈鈞握緊了拳頭。

※

「傅恩傑，認識你這麼久，沒有人比你更懂我了！」鞏茜哈哈大笑，充滿活力，傅恩傑比她想像中的還要更好更完美。

「哈哈，對呀！沒想到我們的默契竟然完美到可怕。以前都沒發現！」

傅恩傑看著眼前笑容燦爛如花的鞏茜，心想，要是能早一點發現她的好，該有多好。

雖然他有巧音，但打從他親了自己多年的青梅竹馬後，彷彿從此認定她一輩子了，從十五歲就有她在身旁，未來五十年也希望有她。

鞏茜看看手錶，發現離上課時間只剩幾分鐘。「啊……我上課快遲到了。我先走了喔……」她匆匆忙忙拿起包包，以及桌上幾本厚重的書，一副吃力。

「好，掰掰……」傅恩傑呆了幾秒，也不知道是什麼力量促使他從椅子上站起來，搶過鞏茜手中的書，「…我陪妳走過去。」他說。

鞏茜和傅恩傑小跑步地往外文館跑去，一路上始終掛著滿足的笑容，鞏茜看著替她抱著書的傅恩傑，好希望眼前的路可以一直跑下去。

傅恩傑陪鞏茜走到教室，才跟她告別。「哦，這不是傅少爺嗎？真是稀客耶。」外文系的天成走來，難得看見傅恩傑這個時間出現在這裡。

「嗨天成，好久不見欸！」

「你怎麼會在這裡？莫非……？」天成瞧了一眼剛進教室的鞏茜，覺得事有蹊蹺。

傅恩傑一臉心虛，好像被說中了心裡事一樣，「幫好朋友拿書啦！好啦我先走了！」

他逃跑似的離開外文館，卻不知道自己為什麼要跑，心裡好不踏實。

傅恩傑匆匆跑走的樣子，還有臉上不小心流露出的心虛，天成雖然覺得奇怪，但沒放在心上。他走進教室，注意到系上的冰山美人鞏茜今天難得掛上笑容，這才是不尋常的地方。

這是她第一次發現，自己發自內心的幸福。

她回想今天早上，還是不敢相信坐在她對面的人是傅恩傑，啊，要是他能每天這樣跟她一起迎接早晨該有多好。

「妳跟傅恩傑看起來，好不一樣？」一個聲音打斷她的白日夢，她往聲音來源抬頭看，是班代賴天成。

「哪裡不一樣？」她發現自己的花痴樣跑出來了，趕緊收回。

天成聳肩，「不知道，只是很少看到他會跟他女朋友以外的女生這樣相處。」

鞏茜不知道天成是不是話中有話，但聽到他番評論，雖然小有心虛，愉悅的成分顯然大大超越。

她滿足地笑一笑，看著桌上他替她拿來的書本，「我會超越她的。一切都只會更好。」

她付出她最珍貴的青澀年華，終於將他的目光牽過來了。

Chapter 13

秋老虎來臨，外頭悶熱到我一步也不願意踏出去。我窩在冷氣房裡，敷著面膜，喝著涼涼的西瓜汁。

子晴和阿佑是我見過最勤勞又最恩愛的情侶了，不管是豔陽天還是刮風下雨的颱風天，毫不畏懼，一有約會時間兩人就又消遙去了。最近追阿芋追得很勤的的神祕追求者，感覺離成功不遠了，因為平時很少晚歸的阿芋，這一星期每天都到凌晨才回來，有時乾脆要隔天起床才見得到她的身影，但不論多累多晚，她的笑容中都漾著甜蜜，有眼睛的人都看得出來，那是戀愛中的女人特有的笑容。

反觀我跟傅恩傑，自從上回舞會完的那個夜晚，我們只見了一次面，還是很尷尬地剛好兩人都從商學院的男女廁出來，說來有點好笑，我和自己的男朋友見面還得靠廁所的一面之緣。打給他，他總是說要討論報告、要練球，我開始想：會不會是我付出的不夠多，所以他漸漸不想跟我相處？但也有可能他真的很忙碌，那我是不是又該認份點不去打擾他？說也奇怪，見不到傅恩傑時反而激發了我對他的喜歡，越是見不到我越想念他，越想擁有他。

「唉……戀愛太麻煩了。」我不禁嘆氣，看著訊息他回覆的那句：「我今天也要討論明天的報告耶，對不起，下次一定陪妳！」

至於李烈鈞，有時候會問我要不要一起吃飯，也不知道是心理作祟還是什麼原因，我總覺得和他單獨吃飯被別人看到不太好，不想要他在被指指點點。而且，我發現自己對他好像有了很重的依賴，總會不自覺地想起他，心情不好的時候會心想「要是這時李烈鈞在就好了……」看到好吃的東西也會浮現「下次找李烈鈞一起吃吧！」，想著想著罪惡感就跟著來了。我總不能變漂亮了後，就成了精神出軌的壞女人了吧！

所以控制自己的最好辦法，就是和他保持距離。

「巧音，妳怎麼沒去約會啊？子晴又溜出去了，天氣這麼好不約會很可惜耶。」玩到清晨才回來的阿芋中午起床了，坐在床上邊揉眼睛邊問。

「噢，傅恩傑他很忙，天氣又這麼熱我懶得出去啦。」我回答，但心中有點酸酸的。阿芋爬下床，「還是我們兩個今天也偷跑出去玩，去吃大餐！我睡到現在才起床肚子好餓啦！」

「妳不累啊？嗯……好啊！反正我閒著沒事，妳起床我們就準備出門吧！」我撕下面膜，準備迎接刺眼的陽光。

阿芋真的是餓瘋了，大熱天裡我們竟然去吃燒烤，還是在中午！但我更瘋，竟然願意陪她來吃這麼罪惡的午餐。

肉一上桌，阿芋開始大顯身手，「妳去幫我倒飲料和醬料啦，烤肉交給我，保證好吃到上天堂！」看著她完全進入自己的燒烤世界，我也只好起身走向飲料區，當她的小小服務生。

我彎下腰拿好杯子，抬起頭時眼光正好對上一對剛進門的男女，說說笑笑，女孩高挑又優雅，長髮挽成馬尾，青春活力，她手勾著身旁的男伴，男伴穿著深藍色T恤加牛仔褲，簡單卻有型。看來這一個豔陽天熱瘋的人不少，連這麼登對的情侶都被熱瘋了。我準備轉身走回座位，腦海中卻跳出一些畫面，於是猛然回過頭，我以為的那女孩的男朋友——其實是我的男朋友，我那個要做報告所以無法陪我的忙碌男朋友。

「去問他啊！妳不問，我去問！」阿芋拍桌，準備幹架一樣憤然起身。

「不要啦！不要衝動……」我巴住她，她瞪大眼睛，「這不叫衝動！這只是追根就底，和男朋友在同一家店巧遇很好阿，但不是妳在和室友吃，而他跟妳說沒空卻在陪其他的正妹吃！妳到底有沒有搞清楚自己身處的狀況啊？耍幽默嗎？」她坐下，理直氣壯，好像她才是目睹一切的女朋友。

「讓我思考一下，我想一下……」

「哼，隨便妳。我要繼續吃烤肉了。」

那個女生是翬茜吧？傅恩傑不是說他要做報告嗎？為什麼他們兩個會一起出現，還手勾著手？為什麼看起來像情侶一樣？我應該要去問他嗎？還是應該相信他？

我要瘋掉了。

「阿芋……我到底該怎麼辦？我覺得我應該相信他……」

「妳不要用這種流浪狗的眼神啦！要相信他就相信啊，妳自己想清楚就好，我沒意見。」她夾了一塊剛好的肉到我碗裡。

八點檔中這種情況，女主角不都應該要拿一杯水潑向男主角，大聲質問嗎？或是哭得死去活來，最後把爐火倒在他們身上？

可是我卻只是乾坐在座位上，內心掙扎著，像個膽小鬼一樣。

「不然打電話給他吧？問他在哪裡？」阿芋說。

「嗯……好。」我拿出手機，盯著他的電話，要是這時李烈鈞在，他會叫我怎麼做呢？電話轉入語音信箱。

阿芋看我沮喪的表情就知道了，「好了，我已經排好下午的行程了。」

「什麼？」

「妳就當作陪我監督好友的男友吧。」阿芋夾起一塊生牛肉，放上烤盤，肉片發出滋滋的聲音。

※

我真不敢相信我竟然在跟蹤我的男朋友！他們後來來到西門町，顯然是想來場電影約會。

「不要跟我講他的報告是電影觀後心得。」阿芋不屑，也掏了腰包買了兩張電影票。

整場電影我都無法專注在螢幕上，我的眼光自始自終落在傅恩傑和翬茜身上，翬茜頭靠在他的肩上，傅恩傑摟著她，偶爾在她耳邊低喃幾句，翬茜被逗笑了就更依偎在他身旁。

全場大笑時我笑不出來，場面激烈時我木然麻痺，我只開始想著這一切是怎麼走到這裡的，我忘了我是美女還是醜女，但美醜在這時候顯然毫無決勝負的功用。

出了電影院，他們還沒有回去的打算，機車竟然就一路騎到了淡水，上次我跟他說我想來淡水看夕陽，他也以「太遠了」回絕我，我越來越不懂，在他心中我到底是什麼。

看著他和鞏茜手牽手走在淡水河岸，夕陽映照在河面上，波光粼粼，一切浪漫的、美好的理所當然，好似他們也理所當然。

傅恩傑的電話再度接通，我站在遠處看著他接起手機。

「你在哪裡呀？」

「嗯，在同學家討論報告。怎麼了？」

「哪個同學？在哪邊？什麼時候回來？」

「……巧音，我現在有點忙，晚上回去再說吧。先這樣。」

我閉上眼，終於掉下眼淚。什麼時候開始變成這樣的？從我變美那一天就開始了嗎？還是在某個我不知道的夜晚開始的？是我哪裡做得不夠好嗎？是我沒有盡到美女該有的職責嗎？

我看鞏茜依偎在他懷裡，看他呵護她的神情守著她，看他們倆凝視對方，然後在唇上留下愛的印記，我就知道：我沒有贏的餘地了。我意識到，當我長得醜，我是輸家。當我變美女了，我還是贏不了比我漂亮的人。是我太膚淺只用外表論高下，還是我註定人生失敗？

※

我現在唯一想做的事，就是大哭一場。

「妳到底有什麼毛病！妳要找我，好，我不也回來找妳了嗎？妳要我解釋我下午在哪，我也跟妳說了我在同學家做報告啊！到底在不滿什麼？懷疑什麼？巧音，妳很奇怪。」傅恩傑回來後，我們在女宿前大吵一架。

「你才奇怪！不要再繼續騙我了！」我忍著落淚的鼻酸，今天就把這件事解決！

「……巧音，我很累，可不可以有話直說？妳再這麼任性，我要回去休息了。」他轉身，準備發動機車

「……約會一整天當然累吧？我看見你跟翚芮在一起。一直一直都在一起。」我用很沉、很沉的聲音，慢慢吐出這一個一個字。

果然，他停下腳步。

「妳跟蹤我？」他轉身，一步一步走近我。我後退，告訴自己要穩住腳，不能被他嚇著。他又變臉了。

「這不重要吧。重點是為什麼你會跟她在一起？我什麼都看到了。」

「天啊！我真不敢相信妳竟然跟蹤我！妳怎麼可以這樣？藍巧音！」傅恩傑暴怒，對我吼了一聲。好陌生，他眼裡的怒氣全然爆發，有一瞬間我以為他會出手打我。

然而不知道哪來的勇氣，我也大聲吼回去：「你怎麼有資格罵我！背叛我跟翚芮在一起！你們牽手擁抱接吻我都看到了！」我累積一整天的委屈隨之傾瀉而出。

他支支吾吾，然後話鋒一轉更甚強烈。

「……我們沒有在一起！妳跟蹤我也沒有資格這樣罵我！還打電話來假裝關心我，其實是在監視我！真是心機女！」

「出軌的人不是我！做錯事的是你，不、是、我！我當然有資格罵你！因為我是你女朋友！至少現在還是！！傅恩傑！你們這樣多久了！能不能就誠實一次！一次就好！你才噁心！你跟犖茜都很噁心－」我邊哭邊吼，樣子一定很狼狽。

然後一張大手揮過來，熱辣辣地打在我臉上。

一瞬間空氣都凍結，然後破碎。我再也哭不出聲音，但這張漂亮的臉讓我不只身體疼痛，心裡更是無法承受。

「巧音，對……對不起。我不是故意的，但不知道為什麼會……妳還好嗎？天啊！」他回神過來才發現自己盛怒之下打了我，但一切都太遲了。

「少跟我講這些！道歉有用嗎？我不想聽這些廢話！難怪舞會那天晚上你要道歉，原來是因為已經背叛我了！」那個晚上的擁抱都算甚麼？跳舞都算甚麼？

「那妳要聽什麼……妳還要我說什麼？」

「……」我說不出話來，在過去的日子裡，雖然有因為各種大小事傷心流淚的時刻，但從來沒有受過這樣的傷害。現在變成大美女的願望成真了，我卻頭一遭心碎的恨不得把眼淚哭乾，然而還是得懷疑自己是否有被愛的資格。這算甚麼美女人生？算甚麼人生勝利組？李烈鈞你這個騙子！

「……我再也不想見到你了。你們都是。」我退後一步，搖搖頭。

四周的世界依舊繼續著，但此時此刻，我的世界崩塌了。

「巧音……」

「我真後悔認識你！真後悔這一切！你走，現在就走開！」我大吼，看著他板著臉發動機車，離去漸小的背影，我終於無法承受這一切，再次嚎啕大哭。

要是這時李烈鈞在就好了。

而我知道，就是這時候，我需要他，他必須在。

※

李烈鈞才在想自己是不是要跟藍巧音失聯了，來電就顯示她的名字。他以光速接起，傳入耳裡的卻是讓他聽了心都要碎了的哭聲。

「嗨！……怎麼了？喂？怎麼在哭阿！發生什麼事了？」他多聽一秒，心都要酸掉碎掉。

「李烈鈞……嗚嗚嗚…哇哇嗚嗚！」

「我在我在！妳在哪裡？我馬上去找妳！」李烈鈞一邊換上牛仔褲，一邊焦急地想聽出那幾個混雜在哭聲中的國字

「女……女宿前……」

「好，妳不要動。我馬上過去。馬上！」

李烈鈞從自己寢室到在離男宿有段距離的女宿，只花了五分鐘，映入眼簾的是早已哭腫哭紅雙眼的藍巧音。

「藍巧音！藍巧音！」

看見好久不見的李烈鈞衝向自己，我還真有點後悔叫他來，這麼久沒見也不該用這麼狼狽的樣子見面吧……他一出現，我一把抱住他。

「喂……喂！還好嗎？發生甚麼事情了呢？」他被我嚇了好大一跳，甚麼時候他的聲音這麼溫柔呢？他終於看見我慘敗的樣子了嗎？

「怎麼了嘛……我帶妳去河濱公園走走好不好？」我把他的T恤都哭濕了，胡亂地點頭。去那裡都好，這樣的人生我只想逃。

「什麼！傅恩傑竟然劈腿！難怪……我就覺得有問題……」李烈鈞和我並肩坐在河濱公園的椅子上，我開了第三罐台啤，心裡還是鬱悶。他買了仙女棒，在黑夜中點燃，閃爍花火照亮眼前，漂亮的稍縱即逝。

「什麼？」

「我之前跟阿佑看見他和一個很漂亮的女生一起吃早餐，有說有笑的！果然那時就有問題！」李烈鈞回想，就是他衝動跟她告白後的隔一天。

她對於自己喜歡她，有什麼想法……難道真的是好人卡嗎？呵，也是，我現在就是在當好人，李烈鈞心想。

「什麼啊！你這混帳，早就知道他出軌還不跟我講！為什麼不跟我講……你們男人都是垃圾……」我一把將他推下椅子，毆打他，再打他，打著打著又哭了。

李烈鈞在地上坐正，繼續讓我打著。

「這位小姐，一個傅恩傑打翻一竿子好男人公平嗎？」

「談甚麼公平？世界上根本沒有好男人！我都這麼漂亮了，為什麼還是遇到渣男！」

「甚麼沒有！有一個很好的就在妳旁邊好嗎？妳打輕一點啊……妳這樣子我很心疼！」李烈鈞話這麼說著，卻還是忍受著我的拳頭與巴掌。

「……」我停下動作，只是吹著晚風。

「欸……開玩笑啦！要打就給妳打阿，真的，我很猛的！要是這樣把好男人當沙包打妳會好過一點，我讓妳打到鼻青臉腫也沒在怕。」他抬頭看我，抓著我的手再往自己身上打了幾下。

看到李烈鈞慌張的樣子，我不小心笑了。儘管他滿臉痘痘，看起來非常邋遢（但我有看出他試圖努力整理），這個人還是能帶給我安心。

「幹嘛啊哈……白痴。」

「會笑了！會笑了！剛剛那句哈是笑吧！會笑了齁！」他大聲嚷嚷，我也不再哭，被他的努力耍白痴逗笑。

「唉……生命真是好複雜阿！總是事與願違。」我又喝了一口手中的啤酒，苦澀苦澀的。

「怎麼說？」

「以前我總想著，只要長得漂亮，人生就會順遂很多。妳會成為眾所矚目的焦點，會有個王子般帥氣又完美的男朋友，大家都會愛妳……」

李烈鈞心想，男朋友的確帥氣，但不完美。

「撇開男友的部分，妳現在是個超級大美女，而且日子也過得很美好阿！還是跟願望差不多的啦！」

「變成美女後，我還是不快樂啊！」

「嗯……」李烈鈞也懷著自己的心事。

「你呢？從風靡千萬少女的大帥哥，變成……嗯……」

我從來不知道李烈鈞的想法，他對於改變後的生活很滿意嗎？或是跟我一樣對人生又有了些不同的想法，甚至有點想念以前的生活……

「我喔，」他雙手一攤，「是很愜意啊！不用再像以前一樣追趕跑跳碰，但是老天愛開玩笑，也讓我在變醜後遇上一件有點沮喪的事！」他望向天空，閉上眼睛，好像在思考什麼一樣。有一剎那，我從他的側臉想起了以前的李烈鈞的臉龐，他的靈魂還在，什麼都沒有被帶走。

「哦？什麼事？我想聽！講嘛！」從沒聽他提起過，讓我好奇心作祟。

「那是唯一一件讓我想回到過去的事。」李烈鈞依然看著天空，淺淺微笑。和李烈鈞在一起的每分每秒，我都在做自己。外表不會拘受我們兩人，因為那不是我們在意的。外表說變就變，一顆忠於自己的心卻不可以輕易被改變。

「講嘛！要講不講？」我從袋子拿出最後兩罐啤酒，一罐遞給他

「哈，那讓我先許個願。要是願望成真，我就告訴妳。一定告訴妳。」李烈鈞拉開啤酒的拉環，發出氣泡的聲音，「好，那我也要許個願！」我也拉開。

神哪，我希望讓我的樣子回到過去。我默許。

神哪，我希望讓我的樣子回到過去。李烈鈞默許。

我們同時點燃新的仙女棒，花火滋滋滋地跟著舞動，隨後隱沒在黑夜之中。河的對岸大橋附近突然放起煙火，「好美啊……」我遙望，他沒說話。

「欸，乾杯。」

「願望成真，一定要告訴我喔。」我舉起啤酒，「乾杯。」

「一定告訴妳。」李烈鈞說。

一定告訴妳，我喜歡妳。

Chapter 14

李烈鈞早已忘記自己和藍巧音在河濱公園聊天聊到幾點，只記得她的室友們三更半夜穿著邋遢的睡衣衝出宿舍攙扶她、擁抱她，他看著幾個女生合力撐住她的背影，為藍巧音感到幸運，有著這樣當她的世界崩塌時還願意幫她頂住的姊妹們。

一向對他不客氣的子晴，在進門前回頭看著李烈鈞始終定在藍巧音身上的眼神，李烈鈞甚至沒注意到子晴回頭，直到發現才假裝瀟灑地揮揮手離開。她想和他說聲謝謝，又說不出口，只好默默在心中為他加了一點分。

手機鈴聲劃破早晨。

我不打算理會，頭痛欲裂，不管是誰打來的，今天是我失戀的第一天，我萬歲。

但是停了沒多久的手機又響了起來，兩通、三通、無數通。

「最好是有天塌下來的大消息！不然你就死定了……」我連滾帶爬的下床，看到來電者，是李烈鈞。

「喂……」氣都還沒收集完，那頭就傳來震耳欲聾的聲音，「藍巧音！妳照鏡子沒！照鏡子沒！」

「你發神經嗎？一大清早打來問人家有沒有照鏡子，你是照鏡子看到鬼嗎？怎樣，鏡子裡有鬼是嗎？吵死人了……」我邊講電話邊走向廁所，搖搖晃晃。

「第一呢，現在已經不早了。第二，妳快點去照鏡子，鏡子裡真的會有……」李烈鈞恨不得衝去宿舍把這女人挖起來

我抬起頭，「幹！李烈鈞！鏡子裡有鬼！」我幾乎說不出話，一定是我宿醉了，不然不會出現那種畫面。對，我要繼續睡覺，一定是宿醉。

李烈鈞是不意外，「白癡，鏡子裡不是鬼，是妳。」

我停下腳步，緩慢的、戒慎恐懼的，慢慢回頭……

鏡子裡頭模糊的人，我仔細貼近看了看，身材臃腫，粗糙暗沉的臉上有幾顆青春痘，還有水腫到幾乎不見的雙眼，但這個不漂亮的人我並不陌生，這就是我。

「天啊……李烈鈞，我們發生甚麼事了？你也變回來了嗎？」

李烈鈞看著鏡子中的自己，雙眼深邃，五官立體，皮膚光滑，髮型凌亂卻有型，「對啊，我變回帥哥了嘿嘿。」他第一次，覺得長得帥不是一件太糟的事情。

「天啊！我們昨晚的願望又實現了！太神奇了！」我一邊回到寢室，一屁股坐上床，跟李烈鈞輕鬆地講起電話，肚子發出咕嚕好大一聲。

「欸，李烈鈞……」

李烈鈞緊張的吞了口水，嚴肅地坐好，真是奇怪，他明明就不在她面前。

「我肚子好餓喔！你吃午餐沒？」我找回被封印在抽屜裡的眼鏡，看看手錶，已經下午一

點半了。

李烈鈞看著剛被丟進垃圾桶裡的超商便當盒，一點都不心虛地回答，「還沒，我快餓死了，就等妳起床。十分鐘後妳的宿舍樓下見，我去接你。」

「哈囉，變回來的樣子如何阿？」我看見李烈鈞帥氣地靠在機車旁邊，牛仔褲配T恤，就非常好看了，怎麼他前陣子這樣穿時都不覺得這樣是個好的搭配。

「痾……除了身體變得有點笨重不太好控制以外，其實還不錯。你呢？看你又得意洋洋，肯定是好的不得了。」

「少廢話，快上車，慶祝一下！」

「欸，我不是普通的重喔……你的車可以嗎？」我恢復理智，有點擔心。

李烈鈞微笑，「沒問題！COME ON！」

雖然在我上車的那瞬間，他的腳差點無力，讓整台瞬間沉甸甸的機車差點失去重心，但咬著牙撐過去，總算安全上路。

「這就是甜蜜的負荷吧……」他喃喃。

「甚麼？」

「沒事，我說有妳在重心非常穩。」

我毫不留情地送了李烈鈞的背沉重的一拳，卻不自覺嘴角上揚。

※

雖然他知道藍巧音是個胖妹，但也沒料到她這麼能吃。

「小姐，妳已經吃了……一二三……六碗白飯了耶！妳還真能吃！」

「怎麼，看我這個身材，你還不知道我能吃嗎？」

我從飯碗裡抬頭，看見李烈均撐著下巴，似笑非笑地盯著我瞧，和他眼神交會的瞬間，我再次埋首於我的白飯，心卻抽了幾下。

為什麼？為什麼會有這種害臊的感覺？為什麼他要這樣盯著我看？難道是……

「欸，看甚麼？」

李烈鈞被這突如其來的問題嚇得正著，立刻正襟危坐。

「沒有啦，還不習慣哈哈哈！」他心情可說是非常好，好到飛上天

「哼，拐彎抹角罵我醜。」我扒一口飯。

「不會，妳一點也不醜。」他神情認真，讓我放了心。

「那……我很胖對不對？」我嘟噥，放下手中的飯碗

「痾……這個問題嘛，值得商確！哈哈！」他大笑，我恨不得賞他一巴掌，「哼，白目！」

「巧音阿，有很多事情，是沒辦法靠表面下定論的。妳應該懂吧！」

「不然呢，誠如你所見，我本人就是這麼一個大肥豬。怎麼樣？」我賭氣，雖然他說的沒錯，但我就是想被他哄。

「妳要是真覺得自己胖，妳就減肥阿！我陪你一起，妳說如何？」他滿滿的正能量，突然我被這句話澈底惹毛。他明明知道無法改變外表的無力感，憑什麼一變回來就對我說教？

「……這下你又懂減肥了？你當時覺得變帥簡單嗎？」我沉下臉，而李烈鈞馬上發現自己闖禍，可是為時已晚。防衛機制已經啟動，而且全面復甦！

「你說的可真容易！你醜過可是你胖過嗎？你懂減肥的辛酸嗎？我……」說著說著我激動起來，淚水在眼眶中打轉著，過去減肥失敗的經歷和成長過程中一路被取笑的委屈，都湧上心頭。我對李烈鈞好失望，我以為他能懂，那又怎麼能輕易說出這種雲淡風輕的鼓勵呢？

李烈鈞看見那噙滿淚水的眼睛，知道大事不妙。

「藍巧音妳誤會了！我不是那個意思…」

我起身，「算了，你如果覺得和我這種肥婆當朋友，會拉低你李大帥哥的身價，那我會自動消失。友誼到此為止！」我抓起包包，眼眶已經裝不下更多的眼淚了。我好想回到變成美女的樣子阿！怎麼才不到一天我就後悔了，果然長相一改變，甚麼都改變了。

賭氣話一說出口，我沒有台階下了，此時最好的辦法就是轉身就走……他卻猛然站起來拉住我的手腕，很強很猛的力道，毫不留情。

我驚訝的回頭，看見他無比堅定的眼神，像是要做出甚麼早已下定決心很久的事情。

「你幹嘛？放開我啦！」他死命抓緊，「大家都在看我們。」我感受到眾人目光的凝聚，滿心尷尬，尤其是我們起身時發出那麼巨大的聲響，好吧，只有我發出巨大聲響。

「我不要，妳先把我的話聽完才能走。」他的眼神灼熱，卻充滿晶亮與希望。

他要說甚麼話？他為什麼突然這麼嚴肅？我的心又開始緊張地抽，裝了六碗白飯的胃也是。

「妳還記得吧？我答應過妳，願望成真就要把那件讓我想回到帥氣的事情告訴你嗎？」我記得，他繼續說著：「那就是，我喜歡妳。藍巧音，我很喜歡妳。」

他的一字一句，都打在我的心上，他說甚麼？我喜歡妳？

我愣在原地，繼續感受著眾人的眼光，以及眼前的他那雙堅定的眼睛。

「我……」我的嘴唇顫抖，看著李烈均始終沒有將眼神從我身上移開，看到他抓著的手腕，看見他高挺的鼻樑，炯炯有神的雙眸，掛著的微笑，我有心動的感覺，卻遲遲沒有遵從心動的勇氣，因為我沒忘記我是甚麼樣子。我像是一隻受傷的怪獸，傅恩傑的事件讓我學到，我的失敗無關乎美醜，我的幸福不會因為外表而降臨。

「你瘋了。不要開玩笑了。」

我撥開他的手，拾起包包，離開座位，聽見餐廳再度喧嘩，夾雜一些耳語，那些聽了習慣，卻一樣令人難受的字字句句。

「你看到了嗎？那個帥哥竟然跟她告白，搞甚麼阿……」

「這年頭，甚麼人都有人喜歡啊……神奇。」

直到我付完錢走出店門口，我都沒有回頭看李烈鈞，因為我好害怕，再回頭，他已經變成公眾的一部分，與我再也不是同個世界。

※

「我真的真的，真的不明白啊！」李烈鈞將啤酒重重放下，濺了出來，從小到大，沒有人拒絕過他，藍巧音為什麼間接拒絕了他？他哪裡不好了？他待她真誠，她脆弱時是他陪伴她，失戀時是他扛她回宿舍，好吧就算那時候還很苗條，最重要的是，他懂她。但是為什麼巧音要拒絕他？

阿佑吃了一口鹽酥雞，「到底是甚麼事值得你這麼煩惱啊？」他倆坐在信義區人來人往的街上，從李烈鈞吃完午餐打電話約阿佑出來後，他只是不停重複著那句「我真的不懂啊！」，阿佑問也都不回答，搞不懂像李烈鈞這樣的萬人迷到底會有甚麼煩惱。

「阿佑啊，你當初為什麼追子晴？」

「她那麼正一定要追啊！身材又好、脾氣也好，重點是非常有個性！我第一眼就完全被她電到了！」

「哦……那萬一她暴肥，你會怎麼想？」

阿佑頓了一下，「暴肥？看到甚麼程度吧！她有個室友，啊上次煙火節你也見過的那個，像她那樣的話就有點太超過了……」

「藍巧音？」李烈鈞下意識地回答

阿佑哈哈大笑，「對對對，就是藍巧音，你還記得她的名字好厲害……她應該有90公斤吧……」

李烈鈞心裡很是不爽，想叫阿佑閉嘴，想告訴阿佑更多藍巧音的好……想告訴正在嘲笑他的好朋友：自己想追藍巧音，很喜歡很喜歡她。

但是他卻始終說不出口，這一些話哽在喉頭，李烈鈞自己也嚇到了，為什麼自己無法勇敢說出來？

有那麼一瞬間，他突然理解了藍巧音為什麼會拒絕他的表白。

「……不過，就算有一天子晴暴肥成藍巧音那樣子，我也還是會一樣喜歡她吧！」阿佑自顧自說著，李烈鈞從自己心中的小戰爭中回神。

「哦？為什麼？」

「……哪有甚麼為什麼？因為我喜歡她，就是喜歡啊，跟她胖不胖沒甚麼關係。」阿佑說的很篤定，李烈鈞被敲醒一般，不停點頭認同，同時心裡燃起愧疚感。

「幹嘛？你有喜歡的人了喔！哪個妹那麼幸運，快點介紹一下！」阿佑興奮地用手肘推推李烈鈞。

「我喜歡……她叫……」李烈鈞，快說啊！勇敢說出來就好！沒甚麼好怕的！

「誰？誰？」

他深吸一口氣，「……我想追藍巧音啦。」

他敢作證阿佑的呼吸絕對暫時停止了幾秒，很緊張等待阿佑的評語。

「哈哈哈哈哈！哈哈哈哈哈……抱歉太好笑了！」阿佑大吐一口氣，放聲大笑到停不下來

李烈鈞感到尷尬，氣自己竟然沒有勇氣站出來捍衛，氣自己心中竟然還有點後悔講了出來。

「我知道她很……」

阿佑揮一揮手，「不是啦，跟她沒關係！我是在笑你這個大帥哥竟然也開始暗戀別人了哈哈哈……我們家李烈鈞長大了喔！」

「……那你不是在笑我喜歡藍巧音？」李烈鈞試圖忽略心中的愧疚感，硬著頭皮繼續問

「……是有點好笑啦！沒有想到你這麼重口味……不過，你喜歡就好啦！管別人怎麼說，我永遠都支持你的。」阿佑搭著李烈鈞的肩。

「但……你真的確定喜歡她嗎？」

「為什麼這麼問？」

阿佑摸摸下巴，「如果你夠喜歡她，就應該毫無顧忌地說出來啊！別怕被人笑！」

李烈鈞不答，「連你都沒有勇氣不夠堅定……叫藍巧音怎麼辦呢？外面的世界很殘忍的。」阿佑喝掉最後一口啤酒。

李烈鈞看著信義區來來往往的漂亮女生，長腿、白皙，亮麗長髮或個性短髮，一個個打扮的比藍巧音都還美麗，他突然回想不起來藍巧音變成美女時的長相了，跟她們都一樣。

李烈鈞的腦海中，只浮現第一次見面時，藍巧音滿嘴油膩膩，大吃烤香腸的樣子，想著想著，他不小心笑了出來，拿出手機。

※

我快步離開餐廳，遲遲不敢回頭望，儘管我知道李烈鈞沒有追出來。

李烈鈞剛才是在告白嗎？他說他喜歡我嗎？我明明清楚地聽見了，卻仍是不敢相信。從甚麼時候開始的？喜歡上我哪一點的？

我走在街上，停在婚紗店的櫥窗前，裏頭的白紗在人偶模型上，腰身細緻的蕾絲、胸前柔美精緻的平口紗絲，垂墜而下的魚尾，倒影在窗面的我，是我熟悉了二十幾年的身影，臃腫、腿短、沒有曲線和肥大的屁股。只要我是這樣的藍巧音，白紗的世界就是與我平行的時空，即使我再怎麼渴望，那樣子的衣服絕對只是我的幻想。

明明是自己許願要變回來原本的樣子，我心裡已經充滿無限悔恨了。如果我還是昨天的美女，今天就能放心地接受李烈鈞的表白。就算他不在意我的身材和外貌，他身旁的人會怎麼想呢？像我們這樣子的組合，走在路上會被說甚麼，他也經歷過，他知道的！

我輕輕碰著他剛才緊抓著的手腕，想像他的溫度，手那麼厚實，那麼有力。他是這麼確定嗎？

我想起自己還是美女的時候，有個傅恩傑那樣帥氣的人當男朋友，最後卻被劈腿，李烈鈞在我需要他的時候從不缺席，當時的我也喜歡李烈鈞嗎？還是在他變回帥哥之後，我才下意識地開始喜歡他呢？如果是，那我不也就成了也被外貌影響的人了嗎？

我打了電話給宅在宿舍的阿芋，一起去河濱公園晃晃，這種渾沌時候就要靠直白的阿芋打醒我。

「阿芋，我是不是一輩子都沒辦法談戀愛了啊？」我們坐在石椅上，看著河面波光粼粼，陽光很溫暖，我的內心卻一片混亂。

「怎麼會？我們巧音最可愛了！」阿芋把頭髮剪得更短了，戴著鴨舌帽像個小男孩。

「那是你覺得啊！外面的人可不這樣想……」

「管他們怎麼想？你快樂最重要。我們如果都只活在別人的目光和想法下，會痛苦死的。因為外在會變啊，但重要的是這裡。」她指著我的胸部，「變態！」我手遮著胸。

「白癡喔！是心！重要的是妳的心。」

風輕輕地吹，夾著陽光和乾草的味道，阿芋的這句話很有重量，讓人安心。

重要的是我的心，那李烈鈞看到的是我的心嗎？我看到的是他的心嗎？

「那……如果我和一個帥哥談戀愛，大家會不會笑我們？」對我來說，對自身的自卑已經超越和帥哥交往的優越感了。我害怕被嘲笑，害怕自己還沒準備好，害怕現在不是對的時機。

「如果他們笑，你就讓他們閉嘴啊！他們只是忌妒妳。」

「唉……妳說的可簡單了。」

「怎麼樣？你要和哪個帥哥談戀愛？」阿芋挑眉。

「……也不是談戀愛，李烈鈞可能在開玩笑吧……」

「哦？那個資工系的李烈鈞嗎？他是真的滿帥的……」

「看吧！他跟我真的是不同世界的人吧……我連喜歡他的號碼牌都沒有哈哈！」我苦笑，幫自己做了個簡潔有力的結論。

「喜歡沒有在區分資格的啦！只要是用真心去認識對方的好、去對彼此付出，別人沒有資格去干涉和限制。像我，我其實早就知道自己喜歡女生啊，也不會因為這世界上有人討厭同性戀，就去害怕喜歡女生……因為我就是我，只要對方和自己能彼此理解，這樣就夠了。這個世界太大了，有太多不同的人，但我們都是人啊，都是一樣的。要遇到一個喜歡的人那麼難，怎麼能隨便放棄啊？」

戴著帽子的阿芋看著前方，穩穩地和我分享如此慎重的心情，我的心裡替她開心，「謝謝妳告訴我這些。阿芋，妳真的很棒！」我淚眼汪汪的握住她的手，她嚇了一跳，馬上變回平常酷酷的模樣。

「神經病。妳也很棒啊！」

她一說出口的瞬間，我的眼淚滑落。如果我也能這樣告訴自己，那就太好了。

手機突然響起，是李烈鈞。我盯著震動的手機猶豫，「接啊！不要怕。」阿芋輕拍我的背。

我深呼吸，接起電話：「嗨。」

電話那頭的李烈鈞在聽到藍巧音的聲音時，心跳還是忍不住漏了一拍，好緊張。「藍巧音。我要再說一次，我就是喜歡妳。」

「……」

「我知道妳在擔心甚麼。所以如果妳還沒準備好，那我就會一直追妳直到妳準備好。」李烈鈞一口氣說完，我都還沒說出任何回答，他就掛電話了。這又是甚麼情況？

「怎樣？」阿芋好奇地問。

「……他說，他要追我。」

阿芋露出看好戲的微笑，我始終不敢相信，醜小鴨藍巧音竟然有被大帥哥追的一天。

Chapter 15

於是，就這麼開始了我人生頭一遭被追求的日子了。

這樣好不真實的快樂，我只能隱隱藏在心底，因為我和那樣子耀眼的他，總是在世界的兩端，像我們這樣的組合，是注定不能走在一起的。但是，悄悄享受一下被大帥哥追求，應該也不算貪心吧……也許是虛榮與真心參半，每一次感受到李烈鈞對我傳達出的好感，我都還是忍不住暗自竊喜。

「拜託啦阿佑，教我幾招。」李烈鈞一個俐落地轉身，上籃，得分。場邊歡呼聲響起。

阿佑再度走到防守位置，「那還不簡單，就像你抄球，上籃得分一樣啊！追女生也一樣啦，苦追那套已經過時了，找到她的弱點對症下藥，才能把她的心抄走啊！」一個假動作，阿佑閃過面前１９０公分高的企管系學長。

他實在不懂，追個喜歡的人竟然像是在抓對手小辮子一樣，還得直攻弱點才能到手，未免也太沒用了。

「更何況，你長這麼帥，哪個女生會拒絕你？」阿佑跳起灌籃，輕鬆幫資工系拿下第一節。

自從和藍巧音告白後，這一個月最令他沮喪的是他的帥氣外貌。本來還滿心期待變回來的，沒想到變與不變，外表仍舊是他們彼此之間最大的阻礙。

每一次手機顯示李烈鈞來電時，我總是會先盯著他的名字閃爍著幾秒，彷彿多盯著幾秒就能確信他是真心要找我，不是隨意試試而已。

「早安巧音，今天下午有事嗎？」李烈鈞在電話接通時，總是先幫自己充飽電力，確保自己每一回聽起來都精神飽滿。

「……我和子晴約好要去逛街耶。抱歉。」

「……哈哈抱歉甚麼，沒關係！那我會繼續約妳的，下次見！」李烈鈞在心中記下，第15次邀約失敗。

「……唉，李烈鈞，你要不要乾脆改追漂亮的女生啊？比較適合你。」我這麼問，但心裡有希望他給出的答案。

電話那頭的他安靜了一下子，我聽見自己的心跳聲，拜託不要這麼快放棄啊……

「嗯……也是可以。」他說，我心一沉。果然，人都還是喜歡好看的事物啊，不能怪他，只能怪我自己。

我正思索著是否要主動結束這可能是最後一次的通話，他深吸了一口氣，「但是巧音，妳最漂亮啊。」

可惡啊，這李烈鈞，輕輕鬆鬆就得分了！可惡可惡可惡！

「噗。你這樣子講話，是會出事的！」唉藍巧音，妳就是這麼沒出息呀！

李烈鈞聽到笑聲，鬆了好大一口氣，「藍巧音啊，下次要答應喔！再不出大事，帥哥也是會氣餒的。」

一旁的子晴放下手中的電棒捲，「巧音，妳要是沒打算跟李烈鈞交往，就趕緊拒絕吧！這樣子纏著妳不煩，我都煩了。」

每一次和李烈鈞講完電話，子晴都會補上這句，若有似無地在嘲諷。

「不會煩啊……」我小小聲嘟噥，不懂為什麼我要害怕她。

她的大眼珠咕嚕咕嚕翻了一圈白眼，「……我現在突然不想逛街了。我要去看阿佑打球，妳去嗎？」說完她就逕自背起包包，準備出門。

子晴吃錯藥嗎？幹嘛講到李烈鈞就這麼生氣，而且今天逛街不是她興致沖沖約我去的嗎……

「但我才跟李烈鈞說要去逛街耶……」我還愣在原地，她說：「誰要去看那個醜八怪？我們是要去幫我家最帥的阿佑加油！」

我還來不及搞懂她的情緒起伏，只好傻楞楞地先跟上她的腳步。她竟然說李烈鈞是醜八怪？戀愛中的人是不是審美觀都繞著自己的情人打轉啦？不明白她在生甚麼氣，真是搞昏頭了。

※

「怎麼樣？沒約成？這小胖妹要放棄一睹資工系籃最帥控衛風采的好機會嗎？」阿佑在房間套上球衣，下午和企管系的聯盟賽，將會決定能不能進軍前八強。

「靠夭喔，不准那樣叫她啦！」李烈鈞沒好氣地將襪子砸向哈哈大笑的阿佑，「我是在讓你練習好嗎？我不叫，別人會叫的更難聽。你能保證你也有勇氣這樣子砸別人，叫他們閉嘴嗎？」

他將襪子撿回來默默穿上，是啊，他有勇氣為她挺身而出嗎？

阿佑看著手機歡呼，「太棒了，我們家子晴說不逛街了，要來幫我加油嘿嘿。好在我們家子晴識貨，知道球場上誰是第一帥誰是第二帥。」

李烈鈞挑眉，「我倒想知道第二帥是誰。」

阿佑指著看起來無言的李烈鈞，得意洋洋地說：「廢話，在我這個第一帥之後的，就是你。」

李烈鈞雙手一攤，懶得跟阿佑繼續幼稚的玩笑。聽別人說，要追到一個女生，一定要先把她的一票好姊妹先伺候的服服貼貼，但只要想到必須和子晴打交道，李烈鈞就一個頭兩個大。那自我中心的漂亮女孩，在他大一拒絕她的主動表白後不久，就和阿佑交往了，即使阿佑是他的好兄弟，子晴依然沒給過李烈鈞好臉色看。

當然他也很識相，默默地將這件事情淡化為一個善意的祕密。

他突然回神，「子晴不逛街了？那不就代表藍巧音也……」腦中想起剛才藍巧音拒絕他的理由突然急轉彎，李烈鈞笑開，「謝謝阿佑你的子晴！不逛街的子晴最棒了！」

雖然馬上挨了阿佑一腳，「我們家子晴乾你屁事。」李烈鈞還是充滿無比戰鬥力，迫不及待向球場出發。

來到擠滿人的體育館，跟著子晴擠進最前排，看見在場上打球的阿佑，我就知道李烈鈞也在這。

果不其然，場邊響起歡呼聲，資工系的李烈鈞剛貢獻了三分。看著他髮梢掛著汗珠，紅色球衣在他身上特別好看，手臂線條好像更結實了……有一瞬間，我真的是看傻了眼，「嗨！」直到第二節結束的哨音響起，他蹦然出現在我面前，我才回神，臉上驚慌又羞赧的表情在他眼裡無所遁逃。

「嗨……嗨！我是跟著子晴來的。咦誒……人呢？」

一個眨眼的時間，子晴這傢伙已經跑去旁邊當起阿佑的私人球經了，看到她有意無意地往我們這撇了一眼。

李烈鈞燦爛笑開，「那妳是來幫我加油的嗎？」他看了一旁的神仙眷侶，「……如果妳想當我的球經，也很歡迎喔！」

我敢說我的臉已經一片飛紅，這麼迷人的他，隨便找一個神仙女友就好，我到底是哪一點，讓他願意這樣對我？但最沒出息的是，我仍在在心中暗自竊喜，這是我長這麼大第一次……有人真心的喜歡我。而我，可能剛剛好也喜歡他……

第三節對手開始轉守為攻，連續發動好幾波的快攻，讓前兩節賣力的資工系開始有點招架不住，企管系的前鋒一個猛烈衝撞，漂亮穿過阿佑和李烈鈞的層層防守，上籃得分。

「阿佑，守好11號啊！」資工系連連失分，兩邊的比分差距逐漸縮小，李烈鈞開始心急，不小心就被抄走一球。

阿佑這邊也是亂了陣腳，「可惡啊！」儘管再怎麼努力防守，對方好似已經看破戰術，輕鬆逃脫，又一顆三分空心球！

「資工系打一波！資工系打一波！」場邊的加油團持續助陣，進攻方又換回資工系，阿佑迅速地將球運到籃下附近，李烈鈞早已守在那邊等待最後進攻，場邊響起第三節的倒數聲，「李烈鈞，一定要投進啊！」我按捺不住激動的情緒跟著大喊，阿佑將球準確地傳到李烈鈞的手中，只見所有人將目光集中到他身上，他深呼吸，膝蓋微微彎曲為了即將的奮力一跳做準備，汗水從他的劉海滴落，眼裡只有全然的專注，那一刻，我真心希望自己是全場最有資格成為與他並肩前行的那位幸運女孩。

「阿鈞，上啊！」李烈鈞跳起，將球投了出去，球刷進籃網的聲音迴盪在場內，哨聲響起全場歡呼，但場上同時發出的另一聲巨響，是李烈鈞被對方11號在跳起瞬間犯規，架拐子後重重落地的聲音。

緊張萬分的第三節結束了，資工系守住小小的比分差距，李烈鈞躺在地板，遲遲無法站起。隊友們火速衝到李烈鈞身旁，他摸著右膝蓋，表情痛苦，「阿鈞，你還能站起來嗎？」，李烈鈞搖頭。場邊醫護小組隨後將他抬上擔架，我只能站在場邊心急如焚，看著受傷的他離場。

少了李烈鈞的資工系，最後一節打得更辛苦了，最後以5分之差遺憾敗北。當阿佑他們比賽結束後馬上趕往醫院，我默默地回到宿舍，他受傷的畫面在腦中揮之不去。我是不是也該去探望他呢？即使現在關係有點微妙，但作為交情不錯的朋友，這點基本關心還是不過分吧……更何況，看到他在面前受傷，這種複雜又十分難受的心情是甚麼呢？

「真的很對不起，沒想到你會傷得這麼嚴重。」企管系11號站在李烈鈞旁，鞠躬道歉。

李烈鈞無奈的嘆口氣，「在別人出手時故意架拐子，明知道一定會讓對方受傷，卻還是這樣做了，是一件很沒品的事情呢。」他盯著已經打上厚重石膏的右小腿，醫生說至少需要兩個月才能復原，心氣不順。

11號知道自己闖禍，低著頭承接李烈鈞的怨氣，不敢回話。「算了算了，反正也不全然都是壞事發生。」

李烈鈞看著手機顯示的訊息，嘴角不自覺上揚。

※

李烈鈞平常會在晚上九點練完球後打電話給我，但在他受傷的那天，我們誰也沒有聯繫誰。晚上十點，隔壁的子晴也還沒回來。她一定是跟著阿佑去探望李烈鈞了吧？我埋首在下星期要交的報告裡，心浮氣躁，不願意承認自己很想知道他的消息，但在被任何人揭穿前我早已知道自己在說謊，而且非常輕易地就被識破了。

子晴進門的瞬間，我馬上回過頭，「子晴你回來了！」

她顯然被我這麼大的反應嚇了一跳，「嗯。」隨後她馬上抓起盥洗用品走進浴室，「子晴，李烈鈞還好嗎？」我趕緊問她，但浴室響起淋浴聲，我當然甚麼回答都沒得到。

躺在床上敷臉的阿芋坐起來，「妳那麼擔心，幹嘛不自己問他？」她的這句話讓我的假裝不在意正式被拆穿，我支支吾吾：「我……我怕我問他會很奇怪啊。而且，子晴應該多少知道他的狀況吧！」

阿芋呿了一聲，「自己想知道的答案，自己去問。反正那傢伙接到你的關心，應該很開心吧哈哈！」

在內心小劇場排演了大概一百種問候法後，我終於鼓起勇氣點開他的對話框，最後對話停留在他比賽前傳了一張穿著球衣的自拍照，要我幫他加油。

「……真的是個笨蛋啊。」我笑了出來，聽到後方的阿芋輕巧地嘟噥，「妳也是啊。」

於是從以前李烈鈞每天照三餐問候，變成我有了熱烈的主動回應。

「講了好幾天電話，妳也總該來醫院看看我了吧？」李烈鈞整天只能躺在病床上，每天最期待的事情就是開始主動響起的來電。

「今天不行，我要去之前打工餐廳幫忙。」

「妳甚麼時候打工過了啊？」

我套上鞋子準備出門，「大一的時候啦。」

「如果妳願意，妳也可以來我這打工啊！」

「哦？你有甚麼工作？」

「很簡單的工作喔！當我的24小時看護！哈哈哈！」

還以為他要講出甚麼厲害的話，沒想到又在鬼扯了，我翻了一大圈白眼，同時感覺到臉在漲熱。「白癡！傷患還真有心情扯鬼話啊！」

他在電話那頭大笑，「我是腳廢了，嘴可沒廢。還有，藍巧音。」

「幹嘛？」

李烈鈞真的越來越佩服自己講這些肉麻話的功力了，「那不是鬼話喔。」

我掛掉電話，連忙出門，又沒出息地笑出來了。

※

大一的時候我在學校旁的麻油雞店打工，剛上來台北生活的第一個冬天，陰雨綿綿氣溫低迷，對於我這種南部的貪吃鬼來說，還有甚麼比每晚下班後都能喝一碗香濃誘人的麻油雞湯更療癒？儘管那陣子回到宿舍，都被子晴她們嫌棄全身都是麻油味，我還是無比快樂。前天接到許久沒聯繫的老闆娘兒子的電話，說是最近天氣逐漸轉涼，生意越來越忙，媽媽卻不小心閃到腰，問我這老員工有沒有空回去幫忙，我當然義不容辭一口答應。

果然氣溫一掉，麻油雞店就成為系隊練完球的消夜好去處，「歡迎光臨！12位請坐這桌大圓桌喔！」我熱情的招呼一群穿著球衣的男大生，但這球衣怎越看越眼熟……

「啊！妳是那個……肥……藍巧音！」脖子掛著運動毛巾的男孩指著我，原來是阿佑啊。

看來今晚又是資工系練球的日子，但那傢伙還沒歸隊，心裡突然一陣失落。真想探探阿佑的口風，想偷偷遠遠地關心李烈鈞……只敢偷偷，是因為不確定自己是否有關心他的資格。

「喂！藍巧音，妳去探望阿鈞沒？他每天都在煩惱你甚麼時候才出現！快點去啦，有沒有在聽啊？」我手塞滿他們點的肉盤，根本沒時間聽阿佑在耳邊叨念。

「妳再不去，他的粉絲們就要搶走妳的寶位了！哈哈哈哈，別身在福中不知福啊！」他繼續說，我覺得十分羞赧，在眾目睽睽之下這樣講，代表大家都知道李烈鈞說要追我嗎？

我再送上青菜盤，「……他既然有那麼多粉絲探望，也不差我一個吧？」我嘟囔。

「不要再裝了啦！小心妳越口是心非，越容易一語成讖喔！妳自己都沒給自己信心，誰還能給妳啊？」

聽到他們的笑聲，真想往這群臭男生臉上砸盤青菜一吐怨氣，還不是旁邊的你們一直詆毀我的自信心，一邊用開玩笑的方式打擊別人，卻又一股腦的鼓勵人家正振作起來。

生意相當熱絡，一路忙到晚上十一點，老闆娘包了一大袋麻油雞塞到我手中，「今晚真的是多虧巧音，不然一定忙得手忙腳亂。來來來，這袋妳帶回去補一補，對身體好喔！」

半夜提著一大袋麻油雞，室友們卻通通聯繫不上，該如何解決好呢？猶豫了一陣，我鼓起勇氣將機車調頭，往醫院的方向騎去。

輕輕敲了病房3201，「這麼晚了會是誰？」一個熟悉的女生嗓音傳來，我怎麼樣都沒想到，開門的會是我的室友子晴。而顯然對於我的突然來訪，她更是大吃一驚，甚至有點錯愕。

「巧音？妳終於來了啊！」我走進病房，李烈鈞右腳包了好大的石膏，看起來比聽起來嚴重好多。

「……那，我先走了。明天再和阿佑來看你。」子晴拿起包包，準備離開，「咦？子晴，妳要回宿舍了嗎？」我詫異，好像我的出現打斷了她原先與李烈鈞的對話。但話說回來，這個時間點子晴又怎麼會獨自探望李烈鈞呢？好奇怪啊。

「嗯，路上小心。」李烈鈞簡短的道別，便把目光轉移到我身上。

「嗨！妳終於出現了！」

我看著床頭櫃上塞滿了各種花束與卡片，還有桌上那個用別緻的玫瑰金緞帶綁著的千層蛋糕，「哦，那個蛋糕，妳要吃嗎？子晴拿來的，好像是那家要排隊三小時的店。」

我悄悄將手中那一大袋又油膩又俗氣的麻油雞往後藏，「這些禮物……都是給你的啊？」

他聳肩，「對啊，但有些人我根本不知道是誰。妳要是有想吃的點心，都可以拿去喔。」

我突然覺得自己好丟臉啊！一個半夜在麻油雞打工的胖妞，帶這種不入流的探病食物，配我的格調還真剛好。

「藍巧音，妳手上拿的那袋是甚麼？是要給我的嗎？」他眼尖識破，我藏得拙劣，「才不是，是我的宵夜，不是病人的。」

「有甚麼關係，一起吃更好吃啊！而且，香味都飄出來了哈哈哈！」

他為什麼都可以無所謂！為什麼他都不理解我的心情、我的自卑！「我不要，我下次會帶一些更好的東西來看你，麻油雞實在太俗氣了。」

李烈鈞收起笑聲，「藍巧音，我才不在乎麻油雞呢。老實說，我已經想不到有甚麼比妳更好的探病禮物了。」

我的臉又一秒升溫到沸騰，「你實在很噁心！白癡！」我放棄抵抗，將麻油雞放在一旁桌子僅存的小小空位，「我今天打工有遇到阿佑喔！可是，我不知道子晴跟你原來也這麼要好。來，給你。」我拿出碗筷，逕自準備起我期待已久的麻油雞。

李烈鈞接過熱騰騰的麻油雞，「天啊，真是太幸福了！好香啊！還好這間病房只有我，不然一定被別人抗議哈哈哈！」

「剛剛明明還有子晴。」

他巧妙地避答了子晴的話題，「受傷真好。藍巧音，妳會照顧我直到我康復吧？」

「我……我又不是你的醫生，照顧你又不是我的責任！而且受傷哪裡好，別說這種蠢話。」

這個李烈鈞，又開始逗我了，「平常要見妳一面多難，現在竟然可以一起吃麻油雞，多虧這骨折不然哪有機會？」

我沒有回話，四周安靜了下來，我們靜靜地喝著熱湯，真希望時間就停在這裡，彷彿回到舞會那天，青蛙和公主坐在湖邊看著真實的彼此。能跟李烈鈞單獨相處的每一分鐘，我都感到自在舒服，不必將自我無限縮小。但是，一旦有了別人，我就想帶著醜醜肥肥的身體自我遁逃。

「藍巧音。」

「嗯？」

「謝謝妳來看我。」

「白癡，我很擔心你耶。希望你早日康復啊！腳都這樣了，還好意思說要追我…」

他帶著溫暖的笑意，看著我的眼睛，不知道此時此刻他的眼中我是甚麼模樣，「偶爾用相同的速度一起前進，也是挺好的啊。」

我知道他的意思，陷入沉思，從他說喜歡我的那一天，他就沒有放棄過，但他究竟能不能理解我的膽小、我的顧慮和我的所有自卑呢？

「…我先聲明喔，不是要說妳醜。我的意思是，我能感同身受妳的顧慮。對於旁人的閒言閒語，我也體會過，所以…不論妳的決定怎麼樣，我都會盡全力保護妳的。」

聽到他這麼說，內心湧起一股暖流，眼眶熱熱的，鼻頭好酸。

李烈鈞啊，我可以相信你吧？那些我們一起經歷過的，彼此的立場和生活，你都能懂吧？我想起我們一起在河濱公園的暢笑及痛哭，一起肆無忌憚的吃燒烤，一起看的煙火和對著流星許願的我們…在廣大的宇宙間，如此不同的我們，就這樣相遇了，兩個人的世界改變了，我選擇相信你，就像你選擇跟我一起前行，都是如此珍貴難得。

「李烈鈞，等你腳好了……也不要繼續追我了。」

他喝完最後一口湯，抬頭看著我等我說話。李烈鈞有預感這是被拒絕的前兆，但他還是等著答案，手不自覺握拳，太緊張了。

我看向他的眼底，這是我這段時間以來遲遲沒有勇氣做的事情，因為怕控制不住自己的情感，害怕條件這麼差的我，沒有資格被別人喜歡。但這次，我終於好好看著他的眼睛。

「不要再追我了。」

果然……是失敗了吧。他心想，「好吧。」

「用相同速度一起前進吧。」

「啊？啊？」

「誰也不追誰的，一起前進吧。」

Chapter 16

根據美國一項研究指出，在新婚夫妻中，如果是跟外表比較沒那麼有吸引力的老公結婚，這些女人就沒有對身體感到不滿的壓力，所以通常會比較快樂。研究團隊成員之一提到，擁有外表很迷人的丈夫，可能對妻子產生負面的影響，特別是對那些自認為沒那麼美麗的女性來說影響更大。

「這是我剛才看到的新聞，不信你自己看，我說的沒錯吧。」我將報導連結透過訊息丟給李烈鈞，在電話中告訴他。

李烈鈞在電話那頭點開，迅速的瀏覽文字，但仍是裝作不在乎。「無聊，妳幹嘛在意這種新聞啦。我才不要看呢。」

他不想與藍巧音討論這個敏感話題，因為他知道這是她心裡一個卡住的關口，也是他們感情路上好大的一個坎。

「你一定要看。」

「看了有甚麼好處？」

「證明我之前沒有騙你啊！新聞也說了，跟帥哥在一起的女人，比較沒那麼快樂。」

「那我拒絕承認我是帥哥。」

「你如果長這樣還不是帥哥，那我這種長相算甚麼？」我說，看了桌上化妝鏡裏頭的自己，唉，人中怎麼會又長了一顆大痘痘呢？

李烈鈞深深嘆了一口氣，「所以，妳不快樂嗎？」

聽到他出乎意料的問句，電話兩端陷入沉默，我沒有再接話，李烈鈞也不希望得到答案。

每一個女孩心中都有白馬王子，每一個女孩都幻想著能和天菜交往。實際生活裡，和帥哥交往又是甚麼樣子呢？我是那一種連幻想都不敢的女孩，因為我討厭不自量力，更討厭自取其辱。

從小，爸爸媽媽就說我是他們最漂亮的小公主，說我是最討人喜歡的那種小朋友，我是一直這樣相信著的。直到國小畢業班的話劇表演要選出白雪公主，老師問有沒有人要自願，我自告奮勇的舉手，最後全班表決，在我與班上一位漂亮女生之間選出擔任公主的角色，那是我第一次聽到「妳也不回去照照鏡子再說！」這句話，第一次認知道自己原來不漂亮，第一次因為長相開始被嘲笑，第一次體悟到：原來我沒有資格當公主，爸爸媽媽是因為愛我才騙我。回家後我在鏡子前哭得好傷心，因為我不能當公主，但為什麼就得演壞巫婆旁的烏鴉呢？沒有長輩給我解答，畢業話劇我還是接受了烏鴉這個角色。一路到了大學，我想我在成長過程中唯一的進步是，面對這些真相，我逐漸接受，並且也視為理所當然了。

和李烈鈞交往後的日子，是有幸福的時刻，雖然……大多數都是辛苦的。妳們可能想說，有帥哥當男朋友，炫耀都來不及了，怎麼會辛苦？但是，對於一個外貌在水準之下的人而言，炫耀外型出眾的男朋友，其實是招致各種傷己言語與質疑目光的不智之舉。我寧願低調的像是沒有交往，也不願意承受更多中傷。

我們通常不會在校園一起出現，雖然他覺得男女朋友同進同出本來就天經地義，但我堅持避開這種情況，因為男女朋友天經地義，但帥哥醜女走在一起是天誅地滅。因此我們之間最頻繁的約會行程就是在網路和電話上聊天，如同最初網友的關係一樣。沒有一起出現，大家就無從說嘴。

所以回到李烈鈞的問題，我不快樂嗎？

李烈鈞啊，我的回答是：和你在一起很快樂，但是真的好辛苦啊。我盯著他的對話框留著「晚安」，喃喃自語：「你知道的吧，實在好辛苦。」

※

「怎麼樣？還可以嗎？你同學會不會覺得我品味很差？」我彆扭地穿上特地去特大尺碼店買的小洋裝，李烈鈞看著我走出宿舍，滿意地點點頭。

「妳不要擔心啦！我覺得很可愛啊！走吧，出發囉！」

李烈鈞上星期突然接到國中好友的喜帖，聽說是先上車後補票，所以只能硬著頭皮結婚。擔任伴郎的他，邀請我一起參加婚宴時，老實說我很感動，他竟然願意帶著我去參與他過去的生活圈。

「真好奇你以前是怎樣的人。一定是屁孩！」我們坐在計程車上，李烈鈞打著領結，看起來很緊張。

「咳咳！才沒有，多少女生寫情書給我呀！」他臭屁地說。

我揍了他一拳，「少臭美。」

「妳甚麼時候也要寫情書給我？」他又開始耍嘴皮子，我翻白眼，直搖頭，他看著我燦爛地笑。

抵達會場，李烈鈞領著我進到新郎休息室，新郎倌阿威瘦瘦矮矮的，一副憨厚樣，實在很難想像是第一個當爸爸的人。

「嗨！麻吉！好久不見！」他倆一見到面馬上擁抱，李烈鈞看起來非常開心，阿威隨後將眼神移到我身上。

「妳就是傳說中的女朋友！恭喜妳，大Winner！」阿威說，我尷尬地笑笑點頭，「恭喜結婚！」

阿威拉著李烈鈞，「拜託，妳知道這小子以前多少女生為他瘋狂？妳一定有過人之處，不然怎麼征服他？」

「吼，你不要在她面前亂講話。」李烈鈞難得臉紅，扣著阿威的脖子。

「哈哈開玩笑的啦！我們阿鈞真的是極品，妳一定要好好把握！」他對我開朗地說，又問李烈鈞：「對了，你在門口見到沈妮沒？」

李烈鈞搖頭，「幹嘛？沈妮也會來嗎？你們倆還真大器。堪稱最佳前男女友組合。」

阿威揍了李烈鈞一拳，「別鬼扯。人家今天可是你的伴娘搭檔呢。我老婆到現在還不知道伴娘之一是我前女友哈哈！」

我在旁尷尬地聽著，瞅見鏡子裡的我，好胖啊，這裙子果然太緊。話說回來，沈妮這名字還真耳熟。

李烈鈞和其他伴郎伴娘們在為等等進場做準備，於是在宴席開始前十分鐘我也回到客人座位上，我在鏡子練習不下一百次的官方微笑，現在就是派上用場的時刻！我走向「國中同學」桌，十人座的圓桌已坐滿7人，我拉了張空位坐下，果然同桌的人們對我投以疑問眼光。

「請問妳是？」其中留著公主頭的女孩問。

我吞吞吐吐，硬是擠出答案：「我是李烈鈞的……女朋友……」我越講越小聲，他們眼神閃過狐疑眼光。此時會場燈光暗了下來，播出浪漫的進場音樂，看來婚禮要開始了，謝天謝地救了我！我內心鬆了一口氣，李烈鈞可千萬不能放我一個人面對這種場合啊。

會場的大門打開，進場的是第一對伴郎伴娘，接下來是第二對，然後是李烈鈞，勾著他的手的伴娘留著一頭俏麗短髮，瓜子臉跟嬌小的身形穿著小禮服，是她！沈妮是她！是我的生日派對上那個讓我大吃飛醋的女孩！

我目不轉睛地盯著她勾著李烈鈞的手，走在新人準備入場的紅毯上，他們看起來是那麼登對，是如此親暱，我心中有非常複雜的情緒在翻攪，不該是這種場合吃醋啊！

阿威和新娘子最後攜手走上紅毯，現場爆出感動的掌聲，新娘的身材非常玲瓏有緻，即使是緊身的魚尾裙擺婚紗也能駕馭地完美無瑕。我想起李烈鈞告白那天，我站在婚紗櫥窗外，看來這種幸福離我還有一大段距離要努力。

「嗨！好久不見！」宴席開始上菜，李烈鈞和沈妮也回到圓桌，他們儼然男女主角登場一樣，熱情地跟許久未見的老同學打招呼。我只是安靜地坐著，心裡有點不是滋味。竟然是這個沈妮。

他將手放在我肩膀上，「巧音，一切都還好嗎？」他坐在我左手邊，而沈妮則在他另一邊坐下。

圓桌對面戴眼鏡的男孩很興奮地舉杯：「這杯先敬我們好久不見！」大家熱鬧成一片，有李烈鈞在身邊我瞬間放鬆不少，也舉起酒杯加入。

「哎，阿鈞，旁邊這位你沒介紹一下！大家都很好奇呢！」

李烈鈞輕輕碰了我手臂，要我別緊張，「這是我女朋友，她叫巧音。」

「甚麼？女朋友！！太扯了吧！」我就知道小公主頭剛才沒有聽清楚我的回答，否則現在就不會驚訝到連生魚片都從筷子滑落。

「天啊，阿鈞你吃很開耶！哈哈哈哈！」眼鏡男放聲大笑

「真的，才幾年不見你口味好重哈哈哈哈！」眼鏡男旁的女生也笑開懷，讓我的官方微笑越撐越吃力。我連忙喝了一口杯子裡的柳橙汁，想要伸手夾點菜來吃卻又被另一位女生的話阻止：「阿鈞，出去吃飯你們誰吃的多啊？哈哈哈，開玩笑的啦！」

李烈鈞看起來沒有發現異樣，雖然沒有附和她們，但也只是客氣地笑笑，「你們不要這樣啦！不要討論我們了，大家最近過得好嗎？」

我硬生生收回夾菜的手，又喝了一口柳橙汁，好酸。

我聽她們此起彼落，飛快地更新彼此大學生活的進度，拼湊出李烈鈞以前就是班上的人氣王，估計這桌所有女生以前都喜歡過他吧！只有沈妮格外冷靜，沒有加入話題安靜地吃飯，偶

爾餘光飄向新人主桌。

不只我發現她的反常，李烈鈞當然也發現了。他倚身向她講了悄悄話。我是這桌的局外人，不理解這九個人共享的快樂，只有接收到不友善的調侃，而面對我的僵局李烈鈞並沒有來解救，此時此刻他只看見了沈妮需要被關心。

到了婚宴下半場，新娘二次進場，這次穿上性感喜氣的紅色禮服，邀請伴郎伴娘和親友們上台玩遊戲。李烈鈞離開位子前又幫我夾了一塊雞肉，「巧音，多吃一點。」眼鏡男又起鬨，「哇！白馬王子，真的巧音你多吃一點不用怕。我們的份都給你吃哈哈哈！」

「喂田雞，不要欺負我女朋友喔！巧音，我去去就回。」他露出開朗微笑，我心裡卻很想自私地叫他不要上台，不要放我一個人在這。

我懷疑沈妮在鏡子前也有練習一百次官方微笑，當她跟著李烈鈞起身走向舞台時，她也用雙頰撐出了自在的微笑，但她在台下看著新郎時可不是這種表情，那種表情有點哀傷，有點勉強，看起來隨時都會掉眼淚。

當然沈妮身為李烈鈞「少數」的女性好友，李烈鈞不只發現她的不舒服，更像是能理解她的模樣，他們起身時，我看見了，我看見沈妮無助地扯著李烈鈞的衣角，躲在他後方，好似李烈鈞是唯一能保護她的皇家騎士，而李烈鈞奮不顧身地接下了這個重責大任。

在新娘丟捧花前，伴郎伴娘團們已經聚集在舞台上了，身為新人各方最重要的好友，當然得先說些祝福的話。

麥克風交到李烈鈞手上，大男孩的他清清喉嚨，很真摯地看著阿威：「認識好多年了，當時坐在我隔壁的臭男生，今天已經要成為一個真正的男人了。阿威，今天看到你幸福的樣子我很放心，希望你和璇璇能白頭偕老，生出可愛健康的寶寶，永遠幸福。」阿威給了他一個緊緊的擁抱，然後麥克風落到沈妮的手中。

她的嘴角微微抽動，但還是撐著官方微笑，她接過麥克風時的樣子像以前上台發表演說的小女生，當她忐忑時，我又再次看見了。李烈鈞輕輕觸碰她的手臂，沈妮才吸了一口氣：「阿威，你能幸福，真是太好了。璇璇是全世界最幸運的女孩，好好珍惜她，祝你們幸福。」

她的笑容很僵，非常勉強，李烈鈞連忙將麥克風交給下一位伴郎，當眾人目光焦點都在其他伴郎身上，李烈鈞伸手替沈妮擦去眼淚。就在那一刻，我才發現我的眼淚掉下來了。

不管沈妮和阿威以前有甚麼樣的故事，不管李烈鈞跟這個故事又有甚麼關聯，我只想讓自己與這些事情保持距離。

沈妮在台上抽到捧花，全場爆出掌聲和歡呼，沈妮對著李烈鈞悄悄說：「我把捧花的祝福給你，希望你跟你女友能夠幸福快樂。謝謝你陪我面對這些難事，都結束了。」

李烈鈞一同捧起捧花，想像著藍巧音穿婚紗的樣子，不知道為什麼想到便不自覺拉開微笑，望向台下藍巧音的方向，才發現她已經不在座位上了。

※

李烈鈞打了好多通電話，我都沒有接。我躲進廁所哭了五分鐘，會場內幸福洋溢的時候，我只想消失。搭上計程車回到宿舍，阿芋看見我氣壓低迷，很識相地不打擾我。匆匆洗完澡，我爬上床躲進被窩，回想一整天自己到底都怎麼回事。我知道李烈鈞在乎我，也只是當下無法顧及我的感受，而我的玻璃心才是問題的根本，也許整件事情都是我自卑作祟，但我只是想被在乎呀！

李烈鈞丟了好幾個訊息過來，說他非常擔心我，說他會在宿舍外頭等我。

我盯著成堆的未接來電，解鎖手機時他湊巧又打了一通，我接起來。

電話那頭是他非常焦急的聲音：「巧音！謝天謝地，妳終於接電話了！我好擔心妳呀！還好嗎？」

「嗯……還好。」

「妳騙人。我下台後妳就不見了，田雞他們說妳身體不舒服先回家了，搞得我好擔心！妳身體怎麼了？要不要載妳看醫生？」

聽到他心急如焚，我忍不住嗚咽，「怎麼了巧音？妳不要這樣，我真的好著急！我在樓下，妳想下來聊聊嗎？」

「不想……」

李烈鈞嘆了一口氣，「巧音，我是不是做錯事讓妳難過了？妳可以告訴我嗎？一點點提示也好。」

「……」

「巧音。」

「……沈妮……」

他吸了一口氣，「妮妮……？等等，妳是不是誤會了？」

我沒有說話。他嘆了氣。

「妮妮和阿威是彼此的初戀，妮妮是班上第一名，阿威和我則是很愛搗蛋的學生，妮妮的父母很討厭阿威，認為他會影響她的成績，希望他們分手。阿威為了能和妮妮考上第一志願，每天都很努力念書，我們三個人也這樣變成死黨。畢業前妮妮突然提了分手，阿威以為她喜歡上我了，對我很不能諒解，後來才讓阿威知道是妮妮全家要跟著外交官爸爸派駐國外。」

「然後呢？」

「然後就各奔東西啦，直到妮妮突然搬回台灣我們才又聯繫，上次生日妳見過她，那是她剛回來一星期。後來我才知道原來妮妮念了阿威當初最想考上的機械系，但阿威卻已經有了女朋友，現在還結婚了。」

「天啊……妮妮一定很受傷。」

李烈鈞苦笑，「何止受傷，簡直心碎了。我也沒料到她還那樣惦記著阿威。其實啊，阿威結婚前一晚告訴我，和妮妮錯過是人生裡最遺憾的事情之一。也許相愛的時機，真的很重要吧。不過一切都無法回頭了，對吧？所以我才會安慰妮妮，不然怕這兩人突然崩潰啊！」

我瞬間為了吃醋的事情感到一陣羞愧，「所以妳啊，別再胡思亂想了。我跟妮妮可是很清白的。」

「對不起……突然覺得我好幼稚呀。」

「哈哈，不過妳吃醋，我很快樂。謝謝妳在乎我。」

「哼，我才不在乎你咧。」

李烈鈞回敬我一個爽朗的笑聲，「哈哈哈，是是是！不過巧音，妳一定要快樂，好嗎？」

「恩，我會快樂的。」

「那就好，我會把妳的快樂作為我的努力目標。早點休息。」

李烈鈞經歷一整天忙亂與風波，終於回到宿舍，沉沉地躺上床，心情有說不上來的鬱悶。從在醫院正式交往那一天，三個月了，右腳的石膏拆了，他卻覺得藍巧音的心裡有道牆正在築起。她說，不希望這件事被太多人知道，但隨著他們一起出沒在校園中，阿佑、天成、大木和她的室友，甚至是甜甜和那些瘋狂的學妹們，都已經知道他們在交往。自然會有些流言蜚語，但他總是要她不去理會就好。

「一開始，的確很快樂啊。」他們會一起去學生餐廳吃飯，藍巧音會把自助餐的菜都夾一輪配上三碗白飯，看她吃東西滿足的樣子李烈鈞覺得好笑又可愛。

他開始邀請她來系籃每周的練習，儘管藍巧音對運動根本一竅不通，還是會乖乖坐在場邊遞水。

他會去百人的通識教室外接她下課，人群中藍巧音特別顯眼，他總是能馬上找到她。但是漸漸地，她叫他不要再來接她下課，說懶得走去球場不陪練球了，甚至連一起吃晚餐的機會都越來越少。他不知道他們之間發生甚麼事情，只知道藍巧音越來越少和他出門約會，最有活力的聲音只能在電話中才聽得到。

「天成，在忙嗎？」李烈鈞意興闌珊地轉身看向正在讀書的天成。

天成頭也沒回，「你不看到了嗎？既然看到了還問，請說。」

「天成你覺得，跟我交往，不快樂嗎？」這下子他放下筆，轉過頭了。

「雖然我不是Gay，但是跟帥哥交往，是很多女生的理想戀愛吧。」

「是這樣子的嗎……」李烈鈞翻身，說不出心裡這種悶悶的煩惱。

「不過，壓力應該也很大吧。」天成將專注力放回書本。

「嗯。」

「知道很辛苦還是這樣做了，應該是很信任你。」他悠悠的說，李烈鈞沒有回話。

回到自己問藍巧音的問題，她不快樂嗎？

李烈鈞其實隱約知道答案，但是他好不願意承認，真的好不願意承認，就是自己造成的。

他看著藍巧音的訊息停在「想睡了。」，喃喃自語說著：「很累吧，辛苦妳了。」

李烈鈞正準備入睡，手機接收到訊息，是子晴。

他不感興趣地點開，卻被內容嚇了一身冷汗，立馬回神。

訊息寫著：我不小心和阿佑說溜嘴了，關於大一跟你告白被拒絕的事情。

「完蛋了！」他跳起來，正想打電話給阿佑，跟他解釋這一切，寢室的門猛然被大力的推開。

「李烈鈞！你怎麼可以不告訴我！」阿佑衝進房間對著床上的他大吼，「我這麼真心的把你當好朋友！你怎麼忍心不告訴我！」

天成拉住激動的阿佑，儘管表情困惑，還沒搞懂發生甚麼事情。

李烈鈞跳下床，「我怎麼告訴你？你當時那麼喜歡她！我可以解釋。」

阿佑火冒三丈，「所以你是可憐我嗎？我長得沒有你帥，你就好像一副施捨我的樣子把子晴讓給我嗎？」

「我從沒那樣想過。」

「你應該告訴我！而不是跟她一起隱瞞這件事情！」

「我沒有跟她一起隱瞞！我不想因為這種事影響你們的感情。」

「影響我們？少自以為是了！你以為我是因為你的拒絕，才有辦法追到子晴？」

李烈鈞不知道該怎麼回答，阿佑氣炸了，他知道子晴對阿佑有多麼重要，所以此時此刻講任何話都是火上加油。

「阿佑，你冷靜一點。」天成把阿佑押回他的床上。

「你們這些長得好看的人，把別人當備胎啊！太自以為是了！愛情原來是看臉決定優先順序啊！」阿佑重重搥了牆壁，李烈鈞的手機響起，偏偏是子晴。

這丫頭還嫌惹的事情不夠麻煩嗎？李烈鈞非常無奈，走出房門接起電話，準備痛罵她搞甚麼，卻聽到她在哭。

「妳在哪裡？」

「男宿樓下。」子晴哭著說，「阿佑把我丟在這，生氣的走了。」

李烈鈞心想，任誰當下都會這麼做吧，他頭痛欲裂。

「所以妳打給我想幹嘛？」

「你可不可以下樓？」

「不可以。你想說甚麼在電話說完。」

「拜託，我好冷。」

他按捺著內心的怒氣，極致無奈地下樓走出大門，果然看到在寒流來襲的子晴穿著短裙，在外頭冷得發抖。一個單薄的女子在寒流中哭泣，和一個穿著外套冷眼旁觀的男子，被看到又要說甚麼了呢？

李烈鈞嘆了氣，將外套脫下來披在她身上，聞到陣陣酒氣。

「妳到底在搞甚麼？」

子晴從啜泣轉為哭泣，不說話。

李烈鈞真的是百般無奈，稍早內心的鬱悶已經夠惱人了，子晴和阿佑還搞這齣。

「妳不說，我要上樓了。阿佑氣炸了。」

她哭著拉住他的手，李烈鈞警戒了一下，「為什麼……為什麼不能是我！」

他沒意會到她指的是哪件事，「甚麼意思？」

子晴抬起哭紅的雙眼，皺著鼻子：「為什麼偏偏是藍巧音？為什麼不能是我？」

「……妳知道自己在講甚麼嗎？」

「從小到大我沒有被拒絕過，你是第一個。我以為我不在乎，但看到你追藍巧音，甚至當她的男朋友，我好生氣！我真的……好生氣……我哪裡輸給她？」

李烈鈞不知道該回甚麼，她突然抱住他：「那天在病房我問你，為什麼是她？你沒有回答我，現在你還是沒有回答我！從大一時你就沒有回答我！你說話啊！為什麼她長那樣可以，我卻不可以！你不回話，是不是因為你也不知道原因！」

李烈鈞推開她，「跟她長怎樣沒關係。妳冷靜一點，巧音是妳的朋友啊！阿佑也是我很要好的朋友！請妳不要再鬧了。」

但李烈鈞把她那句話聽進去了，是不是自己也不知道原因？

子晴沒有說話，只是一直發抖。

李烈鈞看看手錶，凌晨一點。「唉，我送妳回宿舍吧。不要再鬧了。」

子晴跨坐上機車，短裙差一點曝光，李烈鈞連忙將外套從她背上拿下來，蓋在她腿上。

子晴小聲說著，「…就是這個動作。記得入學參加的新生聯誼，我的搭檔被臨時叫回去拿活動道具，你暫時代替他載我一程，那天也是這樣子幫我蓋住短裙……」

「我不記得了。」

「我就是那時喜歡上你的。一直，一直到你跟藍巧音交往，我才發現我竟然還是喜歡你。」

李烈鈞對於這突如其來的告白，無奈到不知道該說甚麼話了。女朋友的好姊妹、好朋友的女朋友，這瘋子知道她在說甚麼嗎？

他發動機車，「我有女朋友了，抱歉。」在寒風中，李烈鈞的思緒更混亂了。和女朋友的心結沒有說開，講出這句話也好不踏實。

目送她進了宿舍大門，心想終於結束這場鬧劇，他才猛然想起那件外套還在子晴手上，那件藍巧音用在麻油雞打工的錢買來送他當作出院禮物的運動外套。

Chapter 17

大學裡受歡迎的人交友模式大致分為兩種：一種是只跟和自己一樣受歡迎的人當朋友，另一種則是親切地一視同仁。子晴就是第二種，這麼漂亮的她不僅有一票女神姊妹淘，連我這種南部醜小鴨她也一樣把我納入她的閨密圈子內，這是我頭一回成為漂亮女生圈圈的一份子，即使我的層級跟她們差了十萬八千里，我還是相當珍惜這個殊榮。

子晴和我從大一就是室友了。在我拖著笨重的行李箱搬進宿舍的第一天，打開門看到的風景就是她。這麼漂亮又時髦的女生，一定是在台北長大的女孩，這是我對她的第一印象。她家住在陽明山腳下的豪宅社區，但因為離學校通勤太遠，因此搬進離學校只有10分鐘路程的女宿。她有典型的漂亮臉蛋，才華洋溢，活躍的社交能力，讓她一直是校園裡的話題人物，是朋友圈中的女王，是我一直以來最想成為的榜樣。

在我的印象中，子晴的人生堪稱完美，沒有任何失敗。她想要甚麼，總是勇敢爭取，然後百分之百的獲勝，得到她要的東西。她笑起來時特別迷人，我一直記得她笑得最漂亮的那一次，是大一剛開學的第一個冬天，我從麻油雞店打工結束回到房間，看到剛聯誼回來的子晴神采奕奕地在房間哼歌。「看來今天聯誼不錯哦！」

子晴的眼睛笑成彎月：「巧音啊，我今天遇上喜歡的人了！」

「聯誼這麼速效啊？誰？」

她摸著大腿，「我把他的感覺記在這裡。」我真是嚇壞了，「妳被吃豆腐了嗎！他偷摸妳嗎？」

把感覺記在大腿，還真沒聽過這樣的形容！

她嘻嘻笑，「等我成功跟他在一起，我再告訴妳是誰！他超級帥的喔！」我微笑，知道當她講出這句話，表示已經有99％機會成功了，這位幸運的男孩，恭喜你啊。

然後我第一次看見子晴哭，是在聯誼後的兩星期。她又懊悔又難過，氣得躲進被窩嚎啕大哭，「笨蛋！笨蛋！真是太過分了！」

儘管我們都不敢開口問發生了甚麼事，但都猜得到跟那男孩有關。不論是哪個男孩，讓子晴難得這麼生氣和懊悔，實在不應該啊，「他會後悔的，別哭了。」我當時幫她盛了一碗帶回來的麻油雞湯安慰她，卻沒發現她其實一口都沒喝。我的麻油雞湯，可能不合她胃口吧？

※

我朦朧地找著眼鏡，一不小心又睡過頭了，瞥見手機上顯示李烈鈞打了三次電話。再不趕緊出發，麻油雞店的打工就要遲到了，於是我匆匆忙忙起身換衣服，赫然有一件深藍色條紋的運動外套吸住我的目光，掛在子晴的椅背上，總覺得說不上來的眼熟，也許她之前一起出門時穿過吧。她還在床上呼呼大睡，昨晚好像和阿佑開心出去約會了，玩到很晚才回來，真羨慕啊……能和喜歡的人大大方方地走在街上，要是我和李烈鈞也能像他們一樣登對該有多好呢？

「喂？巧音，妳今天不用打工嗎？」我走下宿舍樓梯，終於接到李烈鈞的第四通來電。

「要啊，我正準備出門呢。」

「我送妳去。」

我從樓梯間窗戶看到外頭飄著毛毛雨，「不用啦！這麼冷，而且還下雨，不要多跑一趟啦。」

住在沒有電梯的宿舍五樓，對我這種胖子來說，連出門下樓梯都是折磨。

「來不及了，我已經跑出來了。」

「啊？甚麼意思？」

我走出宿舍大門，果然看到李烈鈞和機車停在前方，他今天穿了一件牛仔外套，非常帥氣有型！看到他，我很開心，但又開始擔心在這種人來人往的宿舍門口，見面真的好嗎？

「你幹嘛啦？我自己也能去店裡呀。」

說是這麼說，但還是乖乖讓他幫我戴上安全帽，心中暗自竊喜。

「下雨天騎車多危險，這種事交給男朋友就好。」

「你別忘了我底盤比你還穩呢。」

李烈鈞沒有回應我的玩笑話，將我抓住他衣角的手往前拉進他的口袋，順勢環抱住他。被他突如其來的動作嚇了一跳，心跳不爭氣地加速，幸好後座他看不到我的臉紅。

「口袋有鋪棉，手比較溫暖。」他的聲音隔著安全帽，聽起來悶悶的。

我偷偷享受著他暖和的外套口袋，騎車時也是我特別放心的時刻，因為我們戴著安全帽，除了身材有明顯差異外，其他部分不會被旁人打量，就不會焦慮。

他在雨中騎的速度不快，平時只需要10分鐘車程的麻油雞店花了將近15分才到。

「到了，謝謝你。」我脫下安全帽，覺得有熟悉的香水味。

李烈鈞接過帽子，「巧音，下班我來接你。」

「好啊！你把我載過來，就要負責把我送回去喔！」

他手插在口袋，微微笑的揮手說再見，「那是當然。」

「對了，這件外套很不錯喔！又好看又溫暖。」

他表情稍稍愣了一下，「謝謝，口袋會為妳保留。」

走進麻油雞店換上制服，我猛然想起了一件事情，那件掛在子晴椅背上眼熟的外套。

李烈鈞昨晚送子晴回宿舍後，又一個人騎車胡亂晃了幾圈才回宿舍，忘記要回外套，一路吹著冷風，整晚頭痛到不行。整件事怎麼會突然變了樣呢？他記得當年阿佑上完國文通識課後，說他見到心目中的女神那副興奮又認真的樣子，說他要追的女孩叫做沈子晴，內心抖了一下。

他每天早起為她送早餐，下課接送她去任何想去的地方，晚上再送上消夜，過了好幾個月，儘管他們笑他還沒追到子晴就變馬子狗，阿佑仍是樂此不疲。而當她終於在前年聖誕節答應阿佑的告白，他們幾個大男生半夜聚在校園操場喝酒慶祝，李烈鈞永遠記得阿佑那一晚有多麼開心，「子晴終於答應我了！這一切付出都值得，值得！乾杯！」

一向成熟穩重的天成笑了，「漂亮的女人果然偉大啊！讓男人都變傻瓜。」

阿佑依然傻笑，「有甚麼關係，能當她的傻瓜，是我的幸福啊！」

李烈鈞喝著啤酒看他的好朋友，樂當女友傻瓜的模樣，暗自決定把任何會傷害阿佑的祕密都藏好。

想到這些快樂和努力全在今晚白費了，他一邊騎車一邊終於忍不住怒吼。

李烈鈞在凌晨三點回到宿舍，天成傳訊息說他去圖書館窩著了，房間的燈關了，剩下阿佑獨自亮著他書桌的小檯燈，兩人尷尬的四目交接，「抱歉，阿佑。」他小聲的說。

阿佑沉默了幾秒，「阿鈞，我也很抱歉。但我很生氣。」

「我知道。」

「我對你生氣，對子晴生氣，對我自己…更生氣。」

李烈鈞站在他旁邊靜靜的聽，「我氣自己，這麼努力，還是沒辦法當上子晴心中的第一。很氣你，甚麼都沒做，輕輕鬆鬆就是第一了。」阿佑很喪氣的喃喃。

李烈鈞嘆氣，「阿佑，到底發生甚麼事了？」

「……子晴最近總是很煩躁，不知道為了甚麼事情在生悶氣，所以我們幾個朋友去酒吧玩，結果她喝多了。」

阿佑撐著頭，看起來很不好受，「朋友問起你和藍巧音的事情，子晴突然發脾氣，還哭了。」他繼續說：「我很擔心她，一直問她怎麼了，她竟然哭著問我，為什麼藍巧音可以，她卻不行。」

李烈鈞回想子晴失控的樣子，沒有說話。

「我說，甚麼意思？她說，她想當第一。我說妳在我心中就是第一啊！子晴卻…卻說，她想當李烈鈞心中的第一啊！」

只要想到這麼喜歡子晴的阿佑，聽到這句話該有多心碎，李烈鈞也跟著難受起來。

「我當下不知道她為什麼會這麼說，她才說出大一曾經和你表白卻被拒絕的事情。」

阿佑抬起頭，眼睛紅腫，「阿鈞，你為什麼不告訴我呢？」

「…我該怎麼說呢？她對你來說那麼重要，我不想講出任何讓你喪氣的話。況且，那都是過去的事情了。」

阿佑失笑，「對她來說，可沒有過去。」李烈鈞知道他的意思，一時也不知道如何回話。

「你之前曾經問過我，如果子晴變肥變醜，我會不會喜歡她？」

「嗯。」

「我發現，就算她變肥變醜，甚至是她沒那麼喜歡我，我還是……還是很想保護她，不想看到她掉眼淚。阿鈞，我真的是沒救了吧。」

李烈鈞看著阿佑，對子晴竟然如此執著，保護啊…原來阿佑是能為子晴做到這種程度的喜歡。他對藍巧音也能嗎？

他拍拍阿佑的背，「是啊，真受不了你。」阿佑低下頭，安靜的哭了。李烈鈞沒有打擾他，就是這樣拍著他的背，感到非常心疼和自責。

※

距離藍巧音下班還有一小時，李烈鈞再度接到子晴的電話。她說還有些話想對他說，約他在學校附近的咖啡館見面。

要不是想拿回他的外套，李烈鈞是絕對不會赴這個約的。但他沒想到，千交代萬交代，這丫頭竟然一句忘記了就想打發。

才坐下不到一分鐘，他馬上不高興地站起身，「我是來拿外套的。既然你沒帶，趕快找時間還我！我不想被巧音看到造成誤會。」

子晴慌張的站起來，「李烈鈞，等一下！」

「我覺得我們不應該私下見面，子晴。這樣對所有人都不好。」他看著她又要掉眼淚的樣子，態度稍微軟化。

「昨天的事，對不起。」

「妳應該要道歉的是阿佑。」

子晴抿著嘴，「阿佑他…還好嗎？」

「妳覺得呢？任誰都不好受吧。更何況，他還是我見過最喜歡妳的人。」

李烈鈞嘆了氣，再次坐回椅子上

子晴喝了一口水，「那你呢？」

「妳又想問甚麼？」

「在你心中，難道就沒有一點點對我的喜歡嗎？」

「子晴，我們之間除了大一的幾次交集，就沒別的了，我又怎麼會喜歡妳呢？」

「可是我就很喜歡你啊！我到底哪裡不夠好，才會輸給藍巧音？」

李烈鈞想不透為什麼她要如此執著在跟藍巧音比較，也不知道自己到底是哪一點被她看上了。

「妳認識我多少呢？妳知道我的優點和缺點嗎？妳知道我生活中的快樂與煩惱嗎？」她一時回不了話，李烈鈞語重心長地說：「子晴，妳根本不是喜歡我。妳只是從來沒有被拒絕過，從來沒有輸給別人，甚至是輸給妳覺得條件遠不如妳的藍巧音，妳才會這麼生氣。妳生氣，並不是因為我不喜歡妳，而是因為事情不順著妳的意所以在鬧脾氣。」

長這麼大，她第一次被實話狠狠地打臉，「我才不覺得我輸給巧音！她能做到的我都能做的更好。只要你給我機會證明！」

「沈子晴，不要再這麼幼稚了好嗎？妳應該要做的是好好回去和阿佑道歉，好好看看他的所有付出，不要把他的付出都視為理所當然啊！阿佑才是努力帶給妳快樂的人，這才是適合妳的感情。」

李烈鈞語氣強烈講完這番話，便打算離開，終結這一回合，子晴卻迸出：「真要說快樂才是適合的感情，你跟巧音也不適合。」

「子晴，不要在氣頭上亂挑撥。」

「我沒有亂說！作為她的室友，我可以跟你發誓，和你交往後巧音常常偷偷哭。」

「她怎麼了？」

「我哪知道你們怎麼了⋯⋯，大概是壓力很大吧。有一次我不小心看到巧音的手機訊息，有你們系上的女生傳訊息罵她。她好像很難過，但只笑笑回我一句說她習慣了。還有一次我們一起去倒垃圾，聽到別的女生竊竊私語說她就是李烈鈞的女朋友，說你眼光很差，不知道是用甚麼手段才能騙到你，巧音趕緊倒完垃圾逃回房間，躲在被窩偷哭了一晚。你也知道，女生之間甚麼殘忍的話都說得出口。這些，想必你都不知道吧？」

他說不出話，這些都是第一次聽到，除了心很酸，更有無法抑扼的憤怒，他努力地避開她敏感的話題，小心翼翼地不戳傷她，他以為他已經盡全力在保護藍巧音了，到頭來卻發現是藍巧音一直盡全力地在他看不見的時候吸收著傷害。

「說真的，我不討厭巧音。她是我大學的第一個好朋友，但是這件事情，我真的不想輸給她。所以，在你們兩個成為適合的對象前，我也不會放棄。」

聽見她的宣告式，李烈鈞已經無心辯駁：「別說蠢話了。就算你跟阿佑分手，我也絕對不會喜歡上妳的。在別人出手時故意架拐子，明知道一定會讓對方受傷，卻還是這樣做了，是一件很沒品的事情！不論是籃球或是感情都一樣。」

子晴聳肩，「各自努力，反正現實是結果輸贏重要。」

說好要來接我的李烈鈞，遲遲晚了三十分鐘才終於打給我。而我已經自己在寒冷的細雨中走了三十分鐘，剛好進到宿舍。

下班時我在門口等了十分鐘，很擔心他是不是發生意外，但最後仍然沒有主動打給他。女生總是會有這種想要偷偷鬧彆扭，希望男朋友能主動發現不對勁的時刻吧？

「巧音啊！妳在哪裡？我馬上去接妳！」

我悶悶不樂回到宿舍，站在子晴的椅子前，看著那件外套。

「我已經回到宿舍了。」

電話那頭有風聲，他聽起來格外焦急：「對不起對不起！剛剛有事耽擱了！」

「嗯……甚麼事呢？」

我不敢伸手拿起那件外套，但站在子晴書桌附近，的確想起了今天脫下安全帽時那股熟悉的香味。

李烈鈞被突如其來的一問，不知道該如實稟報好呢？還是找機會當面解釋比較好。

「我和……」

我打斷他，「哈哈，開玩笑的喔！你不用真的解釋啦！」

我看到那件外套下面有一個小小的醬油汙點，回想起那是他第一次穿上新外套，去吃火鍋被沙茶醬弄髒了。看到這個我就知道了，我也不想聽他說出剛才是和誰在一起所以才因此違背了我們的約定。

「巧音，你沒事吧？」

「沒事啦！我想去洗澡了。洗完想直接睡覺，晚安喔！」

李烈鈞沉默了幾秒，「巧音啊，其實我……」

「李烈鈞，可不可以不要說。我現在不想聽，打工太累了。」

「……嗯，好吧。」

聽到他沒有最後掙扎，也同意結束對話，我鬆了一口氣，但也沉了一顆心。我掛上電話，抓起浴巾進了浴室，一直到開了水龍頭才終於敢放聲大哭。

到底那件外套是怎麼出現在子晴手中的呢？是他們在外頭巧遇，子晴剛好沒有外套所以李烈鈞借給他嗎？他怎麼能輕易把我送他的外套借給別人呢？

我是在懷疑自己男朋友和好朋友嗎？開口問子晴，她會不會覺得不被信任而生氣呢？停不下來的內心小劇場上演了第一百場，但是找不出一個能說服自己的理由。

「啊啊啊！煩死了！」我躺在床上抱著棉被悶哼，阿芋被我嚇了一跳。

「妳幹嘛？」

該不該告訴阿芋呢？她雖然口風很緊，但和她討論同樣是室友的子晴，是不是不妥當呢？

「阿芋，如果妳不小心懷疑了身邊的人，真的真的真的……真的很努力幫對方找了個理由，卻還是無法說服自己怎麼辦？」

我希望我講得還算隱晦，但好像瞞不過冰雪聰明的阿芋。

她瞟了一眼子晴的座位，「老話一句，自己想知道的答案得自己去問啊。」

「就是問不出口嘛！萬一跟自己想得不一樣，我真的會很慌張！」

「那就要看妳想得是好是壞了！搞不好情況根本沒妳想得糟。而且……」

「甚麼？」

她輕輕嘆了一口氣，躺回床上。「就算今天真的發生甚麼事情，我不覺得她是會故意傷害妳的人。」

阿芋這句話倒是說的沒錯，子晴和我當室友這麼久了，她不是會想傷害我的人，就像我不想看她難過一樣，我們是朋友。但萬一，傷害不是故意的呢？萬一，有些傷害就是難以避免，難道她也不用負任何責任嗎？就因為她是子晴嗎？

我是一個徹底自卑的人，從對外表的自卑，一路蔓延至內心的渺小與無力感。我最常做的事情是在內心開演一幕幕的小劇場，因為沒有勇氣將想做的事情去實踐，所以只能癡心妄想、鑽牛角尖。自卑也許跟個性內向一樣都是與生俱來的，因此我將自己所有的不勇敢及膽怯懦弱，都歸因於我的自卑，不是我選擇要不要自卑，而是現實的條件讓我只能當自卑的那一種人。

當我在電話中隱約感覺到李烈鈞想跟我解釋些甚麼，我叫他不要說，因為我並不想知道答案，我還不敢知道答案。如果一個事件裡面有子晴存在，那就沒有追究下去的必要了，因為她永遠是正解，她一直是贏家，我不想和她作對，那將會是最蠢的一次自取其辱。

子晴回房間了。一如往常一樣，她如春風一陣般帶著好心情回來，和我們都打了一聲招呼。

「嗨，巧音，阿芋，我回來了。」

我在聽到她的腳步聲來到門前時，就趕緊戴上耳機，只是沒有播放任何音樂。我在假裝甚麼呢？為什麼面對她我會這麼緊張呢？

聽到她的手機鈴聲響起，眼角餘光發現她先是看了我一眼，我假裝在瀏覽學校網頁，雖然很卑鄙，但此時此刻我承認我正在偷聽子晴講電話。

「好啦，我知道，外套星期三體育課會拿去排球場還你。」

聽到關鍵字外套，我心裡有不祥的預感，那通主動來電的主人就是李烈鈞。

「對不起嘛，今天晚上本來要帶去咖啡廳給你的。不要生氣好不好？」我真不敢相信，她竟然端出她的招牌撒嬌語氣，這樣跟李烈鈞講話？至少，考慮一下我吧！而且，今天晚上他們見過面？這就是李烈鈞放鳥我的原因嗎？

她得意洋洋地結束通話，我還是跟著我假想的音樂搖頭晃腦，但已千頭萬緒，心亂如麻。不論她和李烈鈞之間有甚麼，依照這發展情勢，我已經澈底的輸了，兩個人之間一旦有了祕密，心會縮短到只容得下兩個人的距離，而總是杵在和他們這種人的世界另一端的我，再怎麼努力奔跑都還是追不上他們急速靠攏的短距。

和李烈鈞交往期間，我最喜歡的日子就是星期三。身為系籃的重要支柱，他們幾乎天天練球，除了星期三晚上的放風時間。每個星期三他上完排球課後，我們會選一家想吃的餐廳，一起去打打牙祭。四點通識課就結束的我，通常會先去圖書館晃晃，等他的體育課結束，然而，今天不一樣，今天是子晴在電話中說好要還他外套的日子。

出門前，我向阿芋烙下狠話，「如果被甩是我的宿命，我也要死得明明白白！」雖然阿芋不是我該烙狠話的對象，但是我也只能這樣子替自己壯壯膽，準備去好好迎接最後一局。

不論我是美女還是醜女，我總是在偷偷跟蹤我的男朋友，真是悲哀。

※

戴上特地跟阿芋借來的鴨舌帽，我試圖隱身在前往體育館上課的人群角落，終於看到李烈鈞穿著球鞋和體育褲和幾個男同學打打鬧鬧地進去了，他總是那麼搶眼。場內哨音已經響起，此起彼落的擊球聲也開始了，我在外頭牆邊滑著手機，子晴還沒出現，心裡悄悄地鬆了一口氣。

我側身偷偷看李烈鈞上課的樣子，不只籃球打得好，連排球也難不倒他。和他一起對練發球的男同學看起來十分吃力，當然我也沒有錯過那些同堂課的女同學對他投以炙熱的眼神。排球老師吹哨，大家集合在場中間，接著分成兩隊各自回到場上，看起來是要進行練習賽，和李烈鈞同隊的女同學看起來樂歪了，興奮到位置都站錯。

比賽開始，李烈鈞不愧是運動好手，一連靠發球便得了好幾分，甚至也撲地救了好幾球。我和場邊同學一樣看這場比賽看得入迷，以至於我沒發現子晴像是天真爛漫的仙女一樣，直愣愣地帶著那件外套晃進場內。李烈鈞同隊的舉球員做了一個完美的球，看著他奮力一跳，右臂一展，帥氣強力地扣殺一記。

「欸！你在幹嘛啊！閃開！」李烈鈞倏地大喊，但已經太遲了。

「啊！」本該是得分的一陣歡呼，卻只聽到子晴的大叫，還有子晴和場上球員紛紛撞在一起，身體重重跌擊在地板的聲音。

全場的空氣先是凝結了幾秒，安靜無聲，隨之而來的便是同學的議論紛紛。排球老師跑到跌坐在地的子晴旁邊，李烈鈞也是，臉上有著憤怒、莫名與愧疚。

「妳在幹嘛啊！跑到正在比賽的球場是甚麼意思？很危險妳知道嗎？」李烈鈞說。

排球老師試著攙扶她，「現在不是責罵的時候，同學，妳還好嗎？能自己站起來嗎？」

子晴揉著腳踝，表情真的幾分痛苦般地皺眉，「我好像扭到了……頭也好痛……」

「同學，你先和助教帶她去保健室讓校護處理一下。其他同學繼續上課！」

李烈鈞嘆了好大一口氣，「我真的是不知道該怎麼說妳！」和助教合力把子晴攙扶起來，讓她趴在自己的背上，離開排球場。我在他們走出體育館前悄悄躲上看台去，不敢再看著那唯美得像是韓劇裡才會出現的場面。

而那件子晴本來要拿來歸還的外套，就這樣被遺忘在場邊，就像在場邊目睹這一切的我一樣，在英雄救美的舞台上，只能扮演一個被丟棄在角落的配角。不知道在看台上坐了多久，我無神地待到體育課結束，沒等到李烈鈞一如往常星期三下課後的來電，哪一方最後贏了練習賽我沒注意，在六點收到他一連串的訊息說今晚突然有系籃加練無法一起吃晚餐時，我不想點開，因為我知道一點開這些訊息，我的比賽將會瞬間結束，而且輸得一蹋糊塗。

※

李烈鈞百般無奈待在保健室，校護先幫子晴扭傷的腳踝進行冰敷，她揉著腫了一塊的前額，昏昏沉沉地坐倚在床上。

「除了腳踝扭傷需要好好休息以外，你最好帶你女朋友去醫院檢查有沒有腦震盪。」校護對李烈鈞說。

他不想在校護前多做任何解釋，只是點點頭。他走到子晴前面，此時此刻的她像隻做錯事情的小貓，不敢抬頭看他一眼。

「妳也聽到護士說的話了。找個時間帶妳去醫院檢查吧。」

子晴低頭咕噥，「我聽到的是她說我是女朋友喔。」

李烈鈞翻了白眼，「我的意思不是這個……反正，我會帶妳去醫院。」

她終於抬起頭，眼中揉著楚楚可憐，「你會帶我去嗎？我以為你在生氣。」

他深吸一口氣，試圖讓自己不要留露出情緒，「我是在生氣沒錯。甚麼樣的笨蛋會這樣闖進正在比賽的球場？妳有在看嗎？」

「……對不起嘛，我一心只想把外套拿給你。」講起外套，李烈鈞心頭又一震：「外套呢？妳丟在球場嗎？」

「啊……應該是吧！對不起……」眼見李烈鈞快要按捺不住的惱火，子晴的聲音越來越小。她的腳踝發疼，頭痛讓她昏昏欲睡，全身都沒甚麼力氣，「李烈鈞……」

「幹嘛？」

「我頭好暈啊，還有點想吐。」

校護從她的位子轉身，「我勸你現在就先帶她掛急診檢查一下吧。腦震盪症狀雖然不會馬上顯現，但是一有徵兆就要趕快檢查。快去吧。」

「還有啊小哥，」李烈鈞抬頭，以為護士要再交代甚麼：「女朋友是用疼的，不是用罵的。」護士這番雞婆的叮嚀，讓他沒被球打到也頭痛炸裂。此時他只希望趕緊完成眼前任務，然後好好給被放鳥的藍巧音一個補償。

李烈鈞揹著虛弱的子晴，帶她坐上計程車直奔醫院，一路上他不停傳訊息給巧音，內容大多是很抱歉晚上他必需要練球，星期三說好要去吃的燒肉只能延期。令他格外不安的是，巧音始終沒有已讀。她會不會還在圖書館等他呢？他越聯絡不上她，他就越心急。

子晴癱軟在車上，雖然身體不適的程度逐漸加劇，但看到李烈鈞對自己總算有了額外的付出，心裡不免暗自竊喜。即使整路他都沒有說話，她也心滿意足，這是不是代表自己還有一些勝算呢？

整個晚上做了一連串的掃描檢查，確診有輕度的腦震盪，需要好好休息，再加上扭傷的右腳踝，至少要一兩星期才能康復。

過程李烈鈞都陪在一旁，聽醫生說話時偶爾露出真的擔心的表情，讓子晴非常開心。

「這幾天我想回家休息。住宿舍爬上爬下不方便。」

出於愧疚，李烈鈞還是非常紳士地問她是否要送她一程，「我先說喔，我是愧疚才這樣做的。畢竟害妳受傷我也有責任，等妳康復了我的任務就完成了。」

子晴努力壓抑心中的狂喜，「好啊，那麻煩你明天早上來接我喔！我九點有課，不能遲到的。」李烈鈞無奈點頭，不時盯著手機。

「還有一件事情想拜託你。」

「妳先說說看是甚麼事。」他有預感，接下來的幾天他都得侍奉著一位驕縱的公主。

「能不能……不要跟阿佑說？」

「為什麼？他應該超級擔心妳，我認為還是要告訴他。雖然他知道是我害妳受傷，他應該氣到想把我殺了。」

子晴抿抿嘴，「其實我們暫時分開了。」

李烈鈞語塞，心想自己真的是陷入大麻煩了吧。阿佑這幾天也沒提，但他的世界應該也正在經歷一場劇烈的腦震盪。

手錶顯示八點半，「走吧，送妳回家。」他再度送她上計程車，直奔陽明山腳下的豪宅。終於將子晴交給家裡的管家，李烈鈞回頭看看手機訊息，藍巧音依舊沒有讀過訊息，他感到格外不安，她不會還在等他吧……

從陽明山腳搭大眾運輸回到市區，整整花了他一小時，一路上他不停撥打藍巧音的手機，總是沒有回應。到底發生甚麼事情了呢？如果她犯傻還在每個星期三固定等他的圖書館前等著，他一定會氣自己到揍自己五萬下。

李烈鈞匆匆忙忙跑進校園，持續試圖聯絡藍巧音，直到看見她依舊坐在圖書館前的長椅上發愣，他卻突然不知道該怎麼面對她。

※

「巧音！巧音！」他渾身狼狽地跑向我，在我等了他第四個小時後。他終於想起我了。

我有氣無力地對他揮手，「嗨。」希望他能發現我的異樣。

他氣喘吁吁地停在我面前，穿著跟傍晚一樣的運動褲，「對不起！對不起！妳沒有看到我訊息對不對？」

我聳肩，「我的手機忘在宿舍了，但又怕你來找不到我，所以不敢離開。」

對不起，李烈鈞，是我沒有勇氣點開那些你一連串的訊息，所以我寧願苦苦地在這裡等你。

「我晚上臨時系隊加練，說是為了下周的聯盟賽，阿佑他們很堅持要幫全隊特訓所以……」

我淺淺地笑，打斷他的話，「那，我們要出發去吃燒肉了嗎？」

他猛然想起甚麼，「啊……燒肉嗎？這麼晚了…還是我們改天再去吃？周末好嗎？」

「可是我今天就想吃……」

「……今天嗎？」他面有難色，「好吧！那我們現在就去吃，好不好？我馬上訂位。」他拿出手機，我擋下他，「沒有啦！我開玩笑的。」

「巧音……如果想吃我們現在真的可以去吃！我請客補償妳！」

「為什麼要補償我？」我知道我這麼問很故意，但是我好奇他會怎麼回呢？我看到他眼中的閃爍，「補償…我因為練球所以放妳鴿子，還害妳在這麼冷的天氣等這麼久……」

雖然我不能百分之百確定他晚上就是在陪子晴，但聽到他最後還是沒有選擇告訴我他今天發生了甚麼事情，我已經陷入沮喪。

「沒關係。下次有機會再吃吧。」

「巧音，妳怎麼了？」他握起我的手，好溫暖，他的手依然這麼溫暖，但是我就快失去這份溫暖了吧？還是我根本就不配擁有？

「沒事沒事啦，練球辛苦了，你也早點休息吧！」

「巧音，我改天一定帶妳去吃燒肉，對不起，妳那麼期待的。」

看到他這麼愧疚的模樣，會不會其實他晚上的缺席跟子晴真的無關呢？一切都是我在疑神疑鬼？

「那，明天早上要不要一起吃早餐啊？我們去吃附近那家新開的早午餐店？」我主動問，試圖讓自己心情平復，甚至還有一點期待。

他原本揚起眉頭，卻又瞬間黯淡下來的表情，我永遠都記得，「啊……我，明天早上不行，有一件急事需要處理。對不起。」

我沒再追問，「也對，急事先處理比較重要。」我感覺到自己的消逝，在最重視我的李烈鈞眼裡，我正在逐漸渺小淡出，最後消失。

回到宿舍房間，今晚我失眠了，也正好發現子晴今晚並沒有回來過夜。

Chapter 18

早上七點，李烈鈞準時在子晴家樓下等著，她一拐一跛拄著拐杖來應門。

「李烈鈞！你好早啊，謝謝你來接我！」子晴欣喜地嶄露笑顏。

「可以出發了嗎？」對付子晴的策略，就是永遠別順著她的話接，以免給她機會搗亂。

「李烈鈞，你會開車嗎？」

「會是會，但我騎機車來耶。呃，這樣問的意思是？」

子晴遞出一串鑰匙，「今天開我家的車去吧！我拄拐杖也沒辦法坐機車，天氣這麼冷騎車也很痛苦啊！」

李烈鈞從一早就開始受到折騰，他對於借了她外套真是後悔莫及，都是因為一件外套，才會導致如今一發不可收拾的局面，但他不是一個不負責任的人，所以只能硬著頭皮在子晴受傷期間多少幫點忙。只要她康復就沒事了，再撐一下啊，李烈鈞對自己信心喊話。

他幫她打開後座的車門，子晴搖頭，「我要坐前座。」

「為什麼？後座比較舒服吧？」

「不是舒服的問題。」

「那是甚麼問題？」李烈鈞告訴自己，不能一早就對病人發脾氣，沉著、冷靜，才能安全過關。

「反正我要坐前座。幫我開門。」

「不要。給我一個好理由。」她真的在考驗他的忍耐值。

「哼，那我自己開，」她空出一隻手打開前座車門，漾開笑容：「我媽媽說，坐後座是乘客，坐副駕才是女主人。」

李烈鈞抖了一下，這沈子晴真的不是省油的燈，不得不更加小心！

「這位大小姐，我再說一次，我做的這一切純粹是因為我害妳受傷，我對妳有責任。我們之間不會有任何發展的可能，妳不要製造混亂。」

他無奈地扶她坐上副座，再將拐杖放到後座，一陣折騰後終於準備出發。

「我知道啊！你害我腳受傷，所以正在負責任。」

李烈鈞發動車子，踩下引擎，「很好，妳總算有自知之明。」

「但是，你害我的心受傷了，你也會負責嗎？」

「瘋子，我拜託妳放過我好不好？」他駛上路，開著千金老爸的百萬名車，他可是戰戰兢兢。

子晴咕噥，「那我拜託你愛上我啊。」

「……有沒有人說過妳真的很盧？」

「沒有，你是第一個唷！」

「阿佑真的是太了不起了……」李烈鈞嘆氣。阿佑的名字登場，他發現子晴沉默了幾秒，

「啊，抱歉，我不是故意提妳的傷心事。」

她又恢復公主的口氣，「沒甚麼，讓我真正傷心的人叫做李烈鈞。」

李烈鈞有一種不好的預感，等到這位大小姐康復的那天，他會因為精神壓力過大而過勞死。

※

昨晚子晴沒有回宿舍，其實我有點擔心。我目睹她受傷的那一幕，看起來是真的很難受，不知道她的傷勢還好嗎？不想承認的另一種擔心是，李烈鈞昨晚是不是也沒回宿舍呢……

「藍巧音，不要胡思亂想了，先把眼前的漢堡吃完要緊。」阿芋和我坐在早餐店，昨晚我回去後忍不住將所有的事情都告訴她了，她要我先冷靜，別自己上演太多小劇場，多想無益。

「不知道子晴等一下會不會來上課？阿芋，妳覺得呢？」

她聳肩，「我哪知道，有甚麼問題妳等等如果見到她，親口問她就知道啦！」

「唉，哪有那麼容易……」我吃掉冷掉的豬排蛋堡，心情差吃甚麼山珍海味都是浪費啊！

「別想了，走吧。再想就要遲到了，也許等等子晴就出現了。」

匆匆結完帳我們離開早餐店，走往聲韻學的教室。聲韻學老師是一個老古板，超愛一打鐘就開始點名，甚至還會祭出鎖門大招，搞得人心惶惶，早上八點五十幾乎所有中文系大三都會乖乖在教室就定位。我和阿芋將近在打鐘前五分鐘壓線抵達，果不其然看到子晴已經坐在第一排，右腳踝裹著紗布，額頭也瘀青了一塊，看起來真的有點嚴重。

「子晴，妳怎麼受傷的啊？好嚴重的樣子耶！」班上的同學關心她，她散發著令人心疼的魅力，「沒有啦，不小心經過球場被打到。沒事沒事。」

我和阿芋在子晴旁的位子坐下，「嗨子晴。」我盡力想保持若無其事的語調，和她對上眼，「哈囉巧音，我這個樣子讓妳們嚇一跳吧！」

「對啊，妳昨天沒回宿舍，我們很擔心妳發生甚麼事情。結果竟然受傷得這麼嚴重！」阿芋見我尷尬地說不出話，出馬解救。

「右腳踝扭傷了，醫生說還有點腦震盪。」

「真的假的！聽起來好嚴重！到底是哪個傢伙害你變成這樣的？我們幫妳教訓他！」關心她的男同學聽到後忿忿不平，看起來都想搶當護花使者啊。我很好奇子晴會怎麼回答，光是想像她即將說出來的話便手心冒汗。

「是不認識的人，他也不是故意的啦。而且他很負責任，說會照顧我到康復！所以我也不怪他。」

子晴的一席話，讓我的思緒混亂如麻，她在前半段說謊了，那後半段呢？李烈鈞真的答應她要照顧她直到康復嗎？

「哇……那個人真是因禍得福啊！一個失手竟然變成女神的貼身保鑣…哈哈哈！」那些男同學開始起鬨，我真是聽不下去了，「你們很下流耶！回去坐好啦！」

「謝謝妳巧音，幫我解圍。」子晴對我笑笑，我看著她，總覺得我的三年好姊妹越來越陌生。

此時助教走進教室，「請大家把上次的作業交上，逾時不候哦！」

我猛然大驚，印好的作業貌似被遺忘在早餐店的桌上了，「天啊！我忘在早餐店了！」我跟阿芋說，「阿芋，我要回去拿。」

「妳確定？馬上要打鐘了耶！妳一定來不及啦！」

「不行，這份作業佔了30%的期末分數耶，我還花了好幾天才完成，我一定要回去拿！幫我跟教授求情！」

「喂！巧音！喂……」

不理阿芋的阻止，我抓起包包跑出教室，卻在樓梯間轉角看見熟悉的背影離開，我在上頭停住腳步，從扶手的縫隙看下去，總希望不是我預想的那個人，但事與願違，那張帥氣的臉蛋正是李烈鈞，是絕對不會來文學館上課的資工系男孩。

等他離開系館後，我打了通電話給他，他很快地就接起來。

「早安巧音，怎麼了？」我看著他放慢腳步，往系館旁的停車場走去

「沒有啊，就是想聽聽你的聲音。你早上的急事處理完了嗎？」

他在電話那頭安靜了一秒，「嗯……算是告一段落了！」

「那你人在哪裡啊？上課嗎？」

「對啊，我在理工大樓。準備上課了。」

我心一涼，看著他走向一台白色賓士休旅車，從裏頭拿出他的後背包，我認得那台車，每年暑假搬宿舍都會見到一次的車。每一個攤開在眼前的環節，都讓我心中的負面猜測越發越寫實。

「那就好。李烈鈞……」

「嗯？怎麼了？」

「那件急事，對你來說真的很重要吧！」

「重要嗎？應該是說有一點棘手，但是不用擔心啦！我會好好處理的。」

「好，要是能順利解決那就太好了。」

「巧音，妳怪怪的喔！」

「沒事，只是擔心。那，就這樣，先掛電話囉。」

「好唷！對了，今晚系籃提早開練，我可能無法和妳一起吃晚餐，對不起。」

「沒關係，比賽重要！天氣冷，練球別受傷了。」

我不想再繼續對話，每一次的對話都是一次失落，如果我猜的沒錯，他是在照顧子晴吧。因為他而受傷的子晴，理所當然的成為了他的第一優先，我不是不能理解啊！雖然難過，但是老實跟我坦白，我也是會別無選擇地接受這段過程呀！可是，為什麼你和妳就是不能對我誠實呢？難道你們不知道，配合當個被騙的傻瓜，比真的一無所知的傻瓜更令人難堪嗎……

※

妳相信世界上有善意的謊言嗎？我不相信。

成長的過程中，我所得到的這些讚美，和數不完不著邊際的安慰，都是這些包裹著「善意」糖衣的毒藥，聽到的當下越快樂，爾後真相被戳破時妳的難堪就越是血淋淋。你以為謊言是為了不傷害對方，其實只不過是將傷害設法延遲到最後，換得一個兩敗俱傷的結局。把事情都往最壞的方向想，往死裡去，如此一來就沒有甚麼更糟的狀況能傷害我了，這是我唯一能保護自己的方式，而且這招向來奏效。

然而在面對李烈鈞和沈子晴欺騙我的這件事情上，我卻還是狠狠的摔跌了一跤，真要探究原因，我想是我太多自以為是了，以為出現了一個人可以保護自己，就鬆懈了防備，也難怪我最後回到了一無所有的狀態，我只剩下自己了。

李烈鈞其實很討厭說謊，但這次他不得不。他是為了所有人好。

照顧子晴是他自己捅出來的簍子，但是這傢伙有時候就是太得寸進尺，譬如說像現在他們坐在高級的法式料理餐廳，燭光晚餐的擺飾像是一場正式的約會。

「我不是沒扭傷過腳踝，這不在合理幫助範圍內。」

子晴上車後給了李烈鈞這個地址，神祕兮兮，一直到他車子停好才恍然大悟自己被拐騙來錯地方了。

子晴熟門熟路地呼叫了餐廳領班，領口綁著規矩紳士的黑色法蘭絨蝴蝶結，風度翩翩地來到他們桌邊。

「您好，沈小姐。今天約會想來點頂級波士頓龍蝦嗎？」

李烈鈞感覺到領班迅速掃視自己的精明眼光，「我們不是約……」

子晴微笑地闔起菜單，中斷李烈鈞試圖解釋的話語，「陳叔叔，都認識這麼久了，就相信你的推薦吧！要最好吃的菜喔！今天是約、會！」她調皮地皺起眉頭，刻意用氣音說了約會兩個字。

領班眼帶笑意地完成點餐後離去，一個綁著短馬尾的女服務生前來添滿酒杯，與渾身不自在環顧四周的李烈鈞對上眼。

「甜甜？妳在這幹嘛？」他語帶尷尬，她卻語帶嘲諷：「我在這裡打工，服務專門來約會的同學。」

李烈鈞自從拒絕甜甜的表白後，甜甜對他便產生敵意，導致後來好友大木對她的追求也落得難看下場。

「不要這樣子嘛甜甜，謝謝妳幫我們倒酒。」子晴不自覺流露出的公主姿態，讓甜甜更不是滋味。

「能幫互相背叛好友的劈腿男女服務，真是榮幸。」

「不要亂講話，」李烈鈞板起嚴肅臉孔，「不清楚事情全貌隨便亂講話會傷害到別人的！」

「不知道有多少女生被你傷害，你有在乎過嗎？你才是最擅長傷害別人的人。」

「我只在乎對我來說很重要的人！」

甜甜冷笑了一聲，「那你在這裡做甚麼？」見他語塞，甜甜淺淺鞠躬，「……很高興為兩位服務，餐點請再稍後一下。」

她的那句話當頭棒喝，李烈鈞皺著眉頭，已經不知道該怎麼做了。「……子晴，我真的做錯了嗎？」

子晴啜了一口白酒，「人生嘛，都是選擇而已。像我們這樣的人，大家覺得好牌都握在我們手裡，但說真的，有時我們別無選擇啊。別無選擇地去傷害別人，因為害怕傷害自己或是兩敗俱傷。我都會告訴自己，至少我們不是被迫當總是被傷害的人，已經很幸福了。」

李烈鈞難得看見子晴冷靜、吐露真心的樣子，深深長嘆了一口氣：「說真的，我很害怕傷害藍巧音。每次相處我都感覺得到她的自卑，一直以來她總是太在意別人的眼光和評論，她已經習慣用別人的話語來定義自己了。為了不傷害她，我很小心翼翼，就連現在幫助妳康復我也瞞著她，因為不想讓她難過。」

子晴靜靜地盯著他，李烈鈞繼續說著：「但是，難道說出善意的謊言，將她蒙在鼓裡，這些傷害就不存在了嗎？」

「如果你害怕傷害她，當初何必和她在一起？我一直不懂，她到底是哪裡吸引你？」子晴拿起麵包籃的裸麥麵包，沾了一口橄欖油醋。

「她是一個善解人意的女孩子，雖然沒有出眾外貌，可是她是我見過內心最柔軟最體貼的人。」他回想起有好幾次，和藍巧音走在街上看到賣手工餅乾的弱勢人士，她絕對會出手買好幾包回去吃；更有一次寒流來襲的深夜，她幫路邊的阿婆把賣不完的玫瑰花通通買下來了。

「她說……因為她能理解那些弱勢人士的心情，所以絕對會幫忙。」

「與其說是善解人意，聽起來更像是把自己當作弱勢了呢。認識她三年，我能理解她的自卑，可是總不能老是將自卑作為懦弱的擋箭牌啊。」

李烈鈞咀嚼著這番話的涵義，子晴淡淡地道出：「如果連對自己重要的事情都不敢去爭取和守護，那她真的只能躲在自卑後面一輩子了。」她直勾勾地望向李烈鈞，「又或者，可能你不值得她奮不顧身吧。」

李烈鈞很安靜地思索著，他這麼努力地捍衛這段關係，但每一次她都為了自己選擇退後，從來沒有爭取或是回擊過，總是一再地縮小自己，會不會真的被子晴說中了，也許藍巧音根本沒那麼在乎他……

不要去聽、不要去問、若無其事就是最好的防禦，當妳明知道身旁的人正在對有關於妳的事情議論紛紛時，妳只能這樣告訴自己，然後默默地接受事實。我很擅長這樣做，因為我是這樣一路走過來的，所以教室內突然聽到後方不認識的同學在討論著李烈鈞和沈子晴的時候，我依然能表現得若無其事。

※

「我的社團學姐在一個超高級的法國餐廳打工，前幾天就是她幫他們服務，而且當天都點最頂級的餐點……」

「他們不是各自有男女朋友嗎？是劈腿嗎？」

「我聽到的不是劈腿，應該都是無縫接軌，聽說女生在大一就跟他告白過了，結果後來他很有義氣把機會讓給那時在追學姊的好朋友，心裡其實一直惦記著她！」

最後一排這群女生嘰嘰喳喳的音量，大到即使我坐在第一排吃早餐都能清楚聽到，彷彿早晨廣播的讀報。

「但是男生前陣子不是和一個女生走的很近嗎？難道分手了嗎？」

「妳說那個肥婆嗎？李烈鈞眼光也沒那麼差吧！我看只是她單方面纏著人家，李烈鈞同情她吧。他高顏值耶，那種肥婆他哪看得上眼哈哈哈哈！」

她們群起訕笑，「也是啦，唉真的是命耶！帥哥美女自然會配在一起，根本沒我們這種普通人的戲分。」

我將頭埋得好低，不曉得她們道的這些長短裡，哪些是真話，哪些又是加油添醋？但大致上說得都沒錯，至少肥婆的部分。好孬啊藍巧音，妳連站起來反駁都不敢。

子晴沒有回宿舍的兩星期，足夠讓這些謠言傳得滿天飛了，也許是李烈鈞和沈子晴這個組合天衣無縫，同學之間議論紛紛。

從我確定李烈鈞是在與子晴幽會後，一開始我還會打電話給他試探，抱著一種既希望戳破他謊言，又沒種收拾殘局的矛盾心態，像是一場攻防戰，我屢屢在他的白色謊言下戰敗。最受傷的不是他選擇了子晴，而是他們竟然都選擇欺騙我，即使事實已經昭然若揭，卻沒有人願意正式對我開口！比白色謊言更悲哀的是，我天真的以為這個謊言是善意的，就算他們真的在一起好了，竟然連給我一個正式的分手或是道歉都沒有！

到後來的這幾天，我已經學著去試著釋懷了，反正一開始就知道會輸給子晴，我又有甚麼好驚訝的呢？等不到的道歉，我也看開了。

「阿芋，我已經放棄了。從今天起，我要澈底忘記他。」李烈鈞這幾天打來的電話少之又少，我也忍著不去聯絡他，就這樣失聯了好幾天。看到子晴的社群軟體PO出法國餐廳的菜色及有意無意入鏡的另一隻手，我竟然還不爭氣地點了讚。所謂哀莫大於心死，大概就是這樣吧。

阿芋這次反常地不阻止我，「比起叫妳去追根究柢，我也支持妳直接開始回到生活正軌。有些答案不知道也罷。」

「抱歉，夾在我和子晴中間，應該很尷尬吧。」

她打趣地說難得能參加女人的戰爭，「我不敢惹子晴喔！說實在的，她跟李烈鈞真的相配多了……」

「喂！再怎麼沒出息，也別這麼快就稱讚情敵啊！」

我開始躲著李烈鈞，他打來的次數也逐漸下降，心灰意冷之際還是偶爾會期待他的來電，我縮回自己的角落，感覺到我與他漸行漸遠。直到在綜合大樓前遇見他時，我才發現原來我還在等一個轉圜的餘地。

我試圖快步經過他，他先是愣在原地，但手腳一向敏捷的他馬上追上了我，「藍巧音！」

「嗨……好久不見。」我轉身，堆出一個官方笑容。好難啊，從來沒想過這種偶像劇式的尷尬會面發生在身上時，要如何反應。

他穿著格子襯衫，戴著眼鏡，神清氣爽，像是一個全新的樣子，好陌生。

「為什麼要躲著我？為什麼都不接我電話？」

我才想問，你為什麼要瞞著我？但我絕對不會掀自己底牌的。

「才沒有！」

「騙人。」

「我們已經不需要再聯絡了吧？」

聽到我這麼說，李烈鈞顯然有些詫異。「為什麼不需要？」

「……甚麼為什麼？這樣對我、對你們都好啊。」

他挑眉，「你們，是指誰？」

「你為什麼要逼我把話說得這麼明呢？……就是你的新女友啊！」

李烈鈞愣了幾秒，我好希望他反駁，大笑三聲說妳在胡扯，但他只是抿著嘴。

「妳覺得我交新女友了嗎？誰說的？」我們沒人願意講出沈子晴的名字，因為他不敢戳破謊言，我也不敢。

我別過頭，「全世界都知道了。我當然也知道了，你不說分手是怕我難過，我接受。就這樣好好結束不行嗎？」

他臉上的表情看起來格外難受，帶點無奈和失望，明明受害的是我，為什麼他卻表現得那麼難過！

「所以妳覺得我們分手了？」

「哈哈李烈鈞，那是當然了。你不想當分手的壞人沒關係，我知道自己是甚麼等級，會自己走開，完全配不上你的……恭喜你，真的，你們很配。」我試圖送出一個微笑，至少我還能炫耀，至少被甩得落落大方。

「藍巧音……妳難道不對我生氣嗎？不想打罵我說怎麼可以這樣對妳嗎？不想問我這一切是怎麼回事嗎？」他的聲音聽起來乾啞，毫無生氣

「……李烈鈞，和我在一起也讓你很辛苦吧。誰不希望自己女友漂漂亮亮呢？我沒資格生氣，也能理解你的決定。如果我是你，我也會這樣做吧。」

他張嘴，又說不出任何一句話。李烈鈞感到喉嚨乾澀，只好又聽起來無力的聲音硬擠出最後一個問題：「所以，妳真的就這樣要放棄了嗎？」他的聲音飄盪在一月的寒風中，飄忽渺茫，彷彿多問一次就能再拖延一些時間，可是做出選擇的人是他啊，他還希望得到什麼呢？

我雙手一攤笑笑，「我沒有選擇，對嗎？」眼淚就這樣卡在眼眶，遲遲不能掉下來。

不知道是不是我看錯了，我看見他眼鏡底下的眼眶閃著微微淚光。

「其實妳有，妳已經做出選擇了。」

「李烈鈞……如果我們能剛好又是帥哥和美女時相愛，也許就簡單多了。」

李烈鈞實在很不願意承認，這一次沈子晴說對了，他以為自己能讓她充滿勇氣，能讓她義無反顧，但到頭來終究是再一次的退縮，甚至連問清楚的機會她都不願意把握。對藍巧音來說，永遠都沒有對的相愛時機。

「也許，我真的不是那個人吧。再見了，巧音。妳要快樂。」下一節課的鐘聲響起，他望向她，終於體會到世界上最遙遠的距離，並非不知道我愛妳，而是明明相愛卻只能被對方推開，連對方不作為都是一種煎熬。青蛙公主和王子的緣分，只能繼續在童話裡了。

李烈鈞就要這樣放棄了，在我回話之後這場美夢就要醒來了，儘管我不想道出這句再見，這天終於要來到。

「……掰掰，李烈鈞。我會祝福你們，還是好朋友唷！哈哈！」我應聲乾笑，要結束了吧，他選擇了子晴，理所當然的。雖然我還是希望他能挽回，可是在他轉身離開，再也沒有回過頭的時候，我終於還是忍不住掉下眼淚，我又被放棄了，連當過醜男的李烈鈞都放棄我了。

※

分手後的幾天，子晴的腳康復了，正式回歸到寢室裡頭，期末考週即將來臨，我將心思全投入在報告與書海中。我努力調適心情，和子晴維持和平關係，子晴卻非常愛挑釁我。一個月期間，她總是故意在我面前和李烈鈞煲電話粥，使出沒有極限的撒嬌功力，原來李烈鈞就是喜歡這個類型的嗎？難怪我怎麼樣都贏不了啊！

而李烈鈞在和我正式分手後，再也沒有聯繫過我，看著他的批踢踢帳號沉寂好久，過往那些對話紀錄靜靜地躺著，證明我根本毫不值得眷戀，他一點都不想念我。也是，畢竟前女友和現任女友還是室友關係，他總不能背著子晴繼續和我聯繫，反正他也不需要我。說不難過是假的，可是我又能怎麼樣呢？我從一開始就沒有選擇權，我的人生向來都是如此。

放寒假前一天，大夥各自在寢室內整理返鄉的行李，子晴一面講手機一面照鏡子，「為了補償你，我們今年寒假去海島度假好不好？」她笑得花枝亂顫，「當然啊，是我們的小蜜月！」

我假裝不在意的繼續將我的衣服收進行李袋，這一個月來我已經習慣她這樣的行為了，但顯然阿芋還不習慣。

「沈子晴，妳可以收斂一點嗎？」阿芋開口，我真心希望她別衝動找他吵架

子晴放下電話，不解回過頭：「我怎麼了？」

「妳最好不知道妳做了甚麼。這樣一直傷害朋友妳會比較開心嗎？」

「算了啦阿芋……」我不需要阿芋替我出一口氣，我不想要和任何人戰爭，因為我承受不起輸掉的感覺，尤其是在一場早就輸掉的比賽。

「巧音都沒有說話了，妳幹嘛雞婆？」

「妳有時候真的很混帳！」

子晴怒氣指數瞬間飆升，猛力拍桌從位子上跳起來：「妳再給我說一次！」

阿芋不干示弱提高音量，「我說妳是混帳！專搶姊妹男友的婊子！」

「阿芋！不要再吵了！」我唯唯諾諾地阻止她說下去，子晴將火力轉向我：「那你怎麼不說藍巧音都像隻病貓一聲不吭？自己的男友被搶了，竟然還能若無其事！」

我有點被惹火了，若無其事？我成全她的幸福，她卻反過來怪我沒有站出來跟她爭？

「妳不要作賊喊抓賊！子晴，妳怎麼能對我做了這種事情後，還反過來指責我？」

她氣焰高漲，「那妳有指責過我嗎？我就是看不慣妳總是一副受害者的委屈樣，妳有努力過嗎？」

「……我要怎麼努力？」

「妳有去努力爭取過嗎？妳有來質問過我嗎？我搶了妳男友妳竟然還能甚麼事都沒發生一樣跟我住在一起，竟然也不跟我翻臉，說到底妳根本不在乎李烈鈞！」

子晴指著我飆罵，我覺得自己變成透明的，雖然話不中聽，卻都被她說對了。

「我很在乎他啊！」

她嗤之以鼻，「妳有讓他感受到嗎？躲在角落默默承受，妳就自以為是的覺得這樣是愛他的表現？妳怎沒想過他的感受！」

「我默默承受是因為我永遠不如妳！妳的所有條件都那麼好，我搶不過妳！而且事實證明他也選擇妳！」

「妳又知道了？妳根本沒努力就認輸了，妳說妳愛他，其實妳只愛自己！妳只想到要保護自己，覺得自己是需要被李烈鈞保護的可憐弱勢，妳沒想過他也會有受傷、希望被保護的時候嗎？」

「子晴，妳都已經如願得到他了，妳為什麼還要這樣針對我？」

「我就是氣妳竟然連站出來跟我一決勝負的勇氣都沒有，還敢說自己喜歡他！我就是想不透為什麼大一他拒絕我，最後跟妳在一起，而妳卻拱手讓人還自以為是受害者！」

我的記憶拉回大一，她被拒絕……所以李烈鈞就是當年子晴暗戀的對象?!就是她後來哭的那麼傷心的原因？我們交往期間她那冷嘲熱諷的反應，原來都是因為被隱瞞著的這一切……

「對不起……我不知道妳大一喜歡的人就是他……」

她再次爆氣，「不要再說對不起好不好！夠了沒？妳怎麼不說該道歉的是我？藍巧音，妳到底在幹甚麼妳知道嗎？」

我一句話也回不了嘴，她的話語如狂風暴雨般挑起我混亂的思緒，我從來沒有想過李烈鈞的感受，只是一味地將自己放在受害者的位子上，只靜靜等待他能像王子一樣每一次都來保護我，可是他終究也是個普通男孩啊……我道歉也不是，不道歉也不是，子晴到底希望我怎麼做？

「哼，一句話都說不出來吧。妳就承認吧，妳根本沒有辦法像我一樣有自信去喜歡李烈鈞，跟妳在一起只會讓他痛苦而已。他跟妳分手，剛好而已！」

子晴拉上行李箱的拉鍊，踩著高跟鞋拖著行李，頭也不回地甩上房門離開。

「妳這婊子！滾！」阿芋衝著被甩上的房門叫罵，連忙抱住我，「不要理她，巧音。」

像是鎖很緊的水龍頭開關被硬生生扭轉開，我再也無法忍受強烈酸楚，放聲大哭起來。分手這一個多月以來的情緒我總是藏在心裡一堵厚厚的牆後，這面牆卻在這場爭吵肆虐中全面坍塌，通通宣洩出來，子晴什麼都不懂，不懂像我這種人的生存空間有多麼狹窄，不懂看著自己好朋友和男朋友交往，還要裝作若無其事只為了成人之美有多痛苦！像她這種人生勝利組根本就不懂！

「阿芋！她甚麼都不懂！嗚嗚嗚哇啊啊她什麼都不懂！！」我嚎啕哭著，從小到大我將所有委屈都吞進肚裡，自己舔舐傷口，這是第一次終於跟著眼淚釋放所有情緒和委屈。

「沒關係哭吧…妳就哭吧。巧音，沒事的……」阿芋輕拍我的背，讓我盡情宣洩

這是一月寒流難得出太陽的一天，陽光透著窗戶灑進房間，我失去男朋友，也失去好朋友，只有我的哭聲和阿芋靜靜的陪伴，寒假第一天我感覺整個人被掏空，從小到大的那個醜小鴨被狠狠地痛罵了一頓，那麼渺小、那麼無力。

Chapter 19

阿芋勸我趁著寒假出發一趟遠行，「逃得遠遠的吧！」她說治癒自己的方式，就是一個人旅行，獨自體會路途上的所有風景，也許能看得更清楚到底甚麼是生命中最重要的事情。

躲開寒冷的北部，我出發到晴朗的墾丁，在佳樂水海邊找了一間旅店打工換宿。刷白的牆面、現代簡約的外型和一整面向海的落地窗，即使是旅遊淡季住客仍然絡繹不絕。我負責餐廳旅客的早餐及下午茶點心準備，因此平常非用餐時段、工作閒暇之餘，我最喜歡坐在旅店外那片面海的大草地發呆。南方的冬天很溫暖，太陽把草地跟藤椅曬得暖呼呼的，靜靜看太陽升起落下，夜晚看滿天星辰下陷入孤寂的美麗。

李烈鈞和子晴的事情持續讓我心煩意亂，即便逃到離他們那麼遙遠的地方，心思還是掛在那裏。李烈鈞不知道在做甚麼呢？

我夢到他們舉行婚禮，我甚至沒有受邀，還偷偷躲在一旁觀看一切，這個惡夢讓我在清晨四點就驚醒，最傷感的是這夢也許在未來的某一天會成真。套了一件薄外套窩在外頭的藤椅，星星還掛在夜空中，倒映在旅店不規則的玻璃窗格，整個宇宙很安靜，只有海浪規律拍打岸邊的聲音。

「冬天清晨的海邊還是會冷的。」一件厚夾克溫柔的降落在我的背上，是旅店的老闆之一瀚澤，二十八歲的他總戴著一副眼鏡，老實又親切的形象很受到員工和旅客的歡迎。

「啊……謝謝。」想起第一天面試看見瀚澤時，就從他身上感覺到溫暖的氣息，打工兩星期以來他也非常照顧我。

他在我旁邊的椅子坐了下來，「如果妳需要聊聊，我很樂意。」

「其實也沒甚麼，就是失戀了。」

「放棄一個這麼好的女生，他一定是瘋了。」

我驚訝地看著他，「怎麼了，我說錯話了嗎？」

「…我只是，第一次聽到有人這麼說我。」

瀚澤發出爽朗的笑聲，「哈哈，妳在這裡工作的兩星期，我觀察過妳。」

聽到老闆這麼說，我不免緊張起來，「我有做錯甚麼事情嗎？如果有需要改進請直接跟我說……」

「哈哈哈哈，不要緊張！妳一直都很認真，而且非常細心，有一次看到客人戴牙套不方便，主動上前詢問是否需要更換原本比較難咬的餐點，客人後來有特別告知櫃台要感謝那位跑出來的廚師。看到需要幫忙的同事，妳也總是第一個上前去。」

「被你這麼一講都有點不好意思了……」

「所以那個男生真可惜，錯過了這樣體貼的人。」

我聳肩，「他現在有一個女神女友喔！雖然很不甘心，可是也沒辦法。」輕描淡寫的說，心中波濤洶湧的痛。

「妳的不甘心，就是這樣一句沒辦法帶過嗎？」瀚澤問，這似曾相識的問句，把我的記憶帶回寒假那天的爭執。

我點點頭，「也許，不甘心的人不只有妳唷。」

「甚麼意思？」

「我要是那個男生，一定覺得好不甘心。我的前女友對於我被別人搶走，居然只是雙手一攤笑笑就算了。會懷疑她一定沒那麼喜歡我！不然怎麼都不出聲？」

相較於子晴那天火爆的質詢，瀚澤用平穩誠懇的語氣說著跟子晴相同論點的意見，可信度提高許多。

「男生真的會有這種感覺嗎？」

瀚澤大笑，指著我的手機：「女生不也是等不到任何聯繫，就想他是不是真的不在乎了，卻還是偷偷期待嗎？」

被料中內心事，我頓時語塞，他輕拍了我的頭，「我就說我有在偷偷觀察妳嘛！」

太陽逐漸從海平面升起，逐漸看見天光，眼前海面閃耀著淡淡的金色光輝，清晰遼闊起來。

「也許他根本還不想認輸呢，妳自己先認輸了。走吧，天亮了該上工囉！」

※

「接下來的一星期會有電影劇組來這裡取景拍攝，若劇組人員或是房客有任何需要協助的地方，請大家務必要更加留意！」晨會宣布完重要事項後，大家回到各自崗位開始一天的工作，我則跟著主廚進廚房準備今天的早餐，今天是水煮蛋配燻鮭魚炒蘆筍，再加上養生的堅果沙拉及自製莓果優格，光是劇組人員的餐點就花了比平常多一倍的時間料理。

等到我們早上所有餐點工作都結束，劇組已經抵達，正在外頭草地架設攝影器材與鋪設軌道。同劇的演員則在房間開始梳化，主演電影的那位當紅女演員也在這裡，正當我站在旅店外頭看熱鬧時，一位身材微胖的大叔匆匆忙忙跑進櫃台。

「不好意思，請問負責早餐的廚師在嗎？」

我探頭進去，「早餐是我負責的。」

他緊張地拿著早上的堅果沙拉，「請問這裡面有花生嗎？」

「沒有喔！是核桃、胡桃和夏威夷果為主的沙拉。怎麼了嗎？」

「那就好！我們家Sunny對花生嚴重過敏，所以看到含有堅果類的餐點，都要特別小心。我是她的經紀人阿凱。」

「啊！是大明星Sunny！需要我更換成水果沙拉嗎？冰箱裡有新鮮的蘋果和草莓，我可以……」

阿凱沒等我話說完，便接起手機，快速地交代：「要，麻煩妳了。以後所有餐點也一定要避免。」

「您好李導，是，對對對，我們Sunny正在出外景……」阿凱邊講邊回到草地，我則連忙進到廚房為Sunny客製沙拉。

我將水果仔細切好，再換上新鮮的寶貝生菜，難得有機會親手為大明星準備料理，當然要特別慎重！胸有成竹地在３分鐘完成，我走到外頭看見阿凱在跟導演與製片開會，他有一頭微捲的頭髮，小小的啤酒肚讓他看起來更加矮小，認真的神情倒是為他加分不少，這樣的人能天天跟Sunny一起工作，一定超幸福吧！

見他還在忙碌，我記得Sunny在３０２號房梳化，於是打算親自為她送過去。

敲敲３０２號房，門縫開著，裡面傳來好聽的嗓音：「請進。」我慣例的說聲打擾了，便擠進房裡。

「妳好Sunny，因為經紀人說您對花生過敏，因此我為您送上水果沙拉。」

Sunny本人穿著黑色細肩背心，雪亮的眼睛和立體精緻的五官，簡直就是洋娃娃，好漂亮！跟電視上看起來完全一樣，甚至更美！

「放在桌上就好，謝謝。」正在做造型的她看著鏡子裡的我說，美女連說這樣一句話都讓人心跳加速啊！

電視娛樂新聞主播正巧念出了她的名字：剛摘下金馬獎的人氣女星Sunny傳出好消息，日前被狗仔拍到和中國歌手李寧私下出遊……兩人才剛合作完電影疑似擦出火花，兩人不論在事業、外型都十分速配，粉絲也一片祝福，希望他們能開花結果。

「李寧超級帥！Sunny是真的嗎？如果是真的妳一定要幫我要簽名！」正在弄捲髮的造型師大姊笑說

Sunny擺擺手，「當然不是啊。這種新聞聽聽就好，媒體已經幫我跟好多男明星速配過了。我自己都還不知道我有跟他交往呢。」

他們笑成一團，我心裡默默覺得可惜，因為真的好配啊！她們主演的那部愛情喜劇我也有和李烈鈞去看，當時覺得神仙眷侶就應該是像她和李寧一樣。

「Sunny，準備好了嗎？」阿凱的聲音從門外傳來，我連忙跟他們鞠躬道謝後離開房間，臨走前瞥見Sunny望向阿凱的眼神，特別的溫柔。

中午12點劇組開始正式拍攝，Sunny和同劇演員也一併在草地現身，引起不小旅客騷動。瀚澤指派我在拍攝期間擔任劇組的餐飲負責人，因此平常的工作有了彈性，主要都跟著劇組的時間走。

拍攝空檔期間我準備了熱紅茶，一一分派給待命中的工作人員，連同正坐在椅子休息的Sunny。

「來，熱紅茶可以暖一下喔！」我遞給Sunny，一旁的阿凱接過杯子，「謝謝。方便借用爐子嗎？我需要熱個東西。」Sunny微笑點點頭，繼續埋頭讀劇本。

「當然沒有問題，我帶您去！」

我領著阿凱進廚房，他提著保溫杯，倒出深褐色的液體進鍋子，瀰漫中藥的味道。

「原來是要熱中藥啊？」

阿凱新好男人般熟練地燉煮，「對，Sunny最近在調養身體，所以這幾天我可能都要跟妳借用廚房了。」

「好啊！但我不知道原來經紀人也要負責這個啊！」

他靦腆笑笑，「嗯……把她照顧好就是我最大的責任嘛。」

「Sunny身體不好嗎？」

「拍戲比較累所以生小孩比較……」

「小孩？」

他頓一下，「我是說，照顧她像在照顧小孩子，要比較很細心呵護哈哈！」

我不繼續多嘴，順帶在廚房準備下午的茶水點心。偷偷望著阿凱細心煮中藥的背影，以及之後Sunny像是小女孩般喝下苦藥的可愛，那個畫面格外有溫度。

近距離跟在他們旁一起拍攝，我悄悄觀察了大家的互動，阿凱真的是很稱職的經紀人，目光總是專注在Sunny身上，她甚至不用開口，他就知道她需要甚麼，把她照顧得無微不至，而Sunny對阿凱也特別依賴，面對他神情特別放鬆。雖然阿凱沒有李寧帥，但看久了覺得其實這兩個人還挺相配的嘛。

拍攝到最後一天，劇組會在墾丁的白沙灣結束在這裡的拍攝行程，我帶上三十幾人的午飯餐盒陪同前往。這場戲Sunny和男主角要上演一場衝浪溺水情境，為了避免意外，事前準備做的相當充足。不太會游泳的Sunny聽說為了這場戲進行了三個月的密集訓練，拒絕使用替身演員。

「Sunny，雖然妳學會游泳和衝浪，如果有任何不對勁馬上讓大家知道。還有，在我喊卡之前都不要停止表演。」導演慎重地交代，這是我第一次看見Sunny露出小小緊張。

「聽到了嗎？有狀況千萬別勉強喔！」阿凱補充，Sunny點點頭。脫下外套露出穿上衝浪裝的苗條身材，準備上戲。

水上摩托車和專業的衝浪教練都陪同她去到海面上，攝影團隊也準備就緒，「Action！」導演一喊，Sunny專業地站上衝浪板，試圖跟隨一波海浪來襲，沒抓準時機，第一次ＮＧ。

她隨即再來一次，但冬天的海浪起伏大，狀況不如想像中好掌握。她一連ＮＧ了好幾次，這一次跟著一波大浪來襲，她再度站上衝浪板，接著連人帶板地翻覆，被浪潮席捲。

「啊！沒事嗎？」我在岸上看得好緊張，Sunny在海中掙扎，讓人分不清是演戲還是現實比我更緊張的人是阿凱，他眉頭緊皺、手心握拳的盯著導演的小螢幕，不時望向海上，Sunny還在掙扎甚至有點滅頂，「羅導，畫面有了嗎？」

羅導也專注地盯著螢幕，「還差一點，再一下下。」

阿凱語氣聽得出焦急，「確定真的沒事嗎？教練他們都有在注意吧？Sunny人都不見了！」

「她還沒求救，我還沒喊卡。」

從岸上已經無法看見Sunny在哪裡，阿凱的額頭全是汗水，「羅導夠了！快救Sunny！她都不見了！」

海面上的教練與救生員團隊突然騷動起來，舉起紅旗揮舞，羅導大聲喊：「卡！趕緊救人！」不妙，顯然出狀況了。

阿凱衝向海面，焦急地對海面大喊：「快救她！！她溺水了！」遲遲不見救生員將Sunny帶出水面，整個劇組騷動起來，氣氛極度緊繃，阿凱情緒瀕臨崩潰，衝向羅導揪住他衣領，「要是她有個萬一，我絕對和你拚命！」

海面上的水上摩托車往岸上駛來，救生員抱住昏厥的Sunny，一靠岸阿凱馬上衝向Sunny，她臉色慘白昏迷不醒。

「不好意思！讓一讓先急救！」救生員持續對Sunny進行暢通呼吸道與CPR急救，救護車在10分鐘後到達，嗚笛聲響徹海岸，救護員將Sunny抬上擔架，十萬火急地送上車，「請問現場有她的家屬嗎？」

阿凱馬上舉手，「是我！是我！」

「甚麼關係？」救護員大聲說，口氣相當急迫。

只見阿凱深呼吸，眼神百般堅定，「她是我太太。」

我敢說，包含我在內，現場所有人都藏不住訝異之情，但阿凱不在乎，他太太正面臨生命危險。

救護員隨即招手，「好好，上車！」

混亂的現場在救護車離開後逐漸沉靜下來，面對突發意外，劇組也只能先潦草收工回到旅店，等待後續消息。

媒體們彷彿聞到八卦的味道，事發下午便在新聞上看到滿滿的即時快訊：人氣女星Sunny拍戲發生溺水意外，爆出與經紀人登記結婚！

我們一群員工窩在旅店緊盯消息，阿凱被一窩蜂的媒體夾擊，在Sunny尚未急救回來之前他完全沒有心情接受採訪，有電視台卻已經開始揭露阿凱與Sunny的感情八卦。

娛樂新聞將阿凱的身高、體重、年齡與背景都起底，配上他多年來跟在Sunny身旁的工作照片，斗大的標題寫著「女神重口味秘戀肥肚大叔」、「鄉民朝聖癩蝦蟆吃到天鵝肉」。

「這些媒體真是唯恐天下不亂啊！阿凱還在擔心老婆能不能活下來，記者已經迫不及待拿他當作爆點。」瀚澤皺著眉頭說

那些傷人的標題，喚醒了我心中一塊深藏的記憶，當時我和李烈鈞在一起時，有許多他系上的學妹會暗自在網路叫我癩蛤蟆，說我高攀，根本不配和他交往。我天真的以為自己是唯一

的受害者，遇見阿凱和Sunny後，才發現原來有人面對的考驗更是嚴峻。阿凱在眾人面前那樣公開丈夫身分，肯定很煎熬吧！

晚上阿凱捎來好消息，Sunny終於從昏迷中醒來，接受醫院縝密的檢查後，暫時沒有大礙，可以回到旅店休息。

羅導和劇組打算先將男主角與其他戲份拍掉，先讓Sunny好好休養康復，阿凱攙扶她回來後直接回到客房休息後，下樓來到廚房。

「阿凱！一切都還好嗎？」看見滿臉倦容的他，我倒了一杯水給他。

他疲憊地接過水杯，「還行，小姍現在睡得很熟。」他聲音顫抖，「那你還好嗎？」我問他哽咽起來，「我差一點，差一點就要永遠失去她了。」

「阿凱，想哭可以哭出來喔。應該嚇壞你了。」我主動給了他一張衛生紙，他肩膀抽搐哭了起來，「抱歉，我不應該情緒失控。但我真的嚇死了！」

「沒關係，任誰都可以理解這種狀況的。」

他擤擤鼻涕，「雖然我沒看新聞，但我猜媒體應該已經大肆報導了。」

我沒有回話，因為不確定他是否能承受那些惡意的言語，「不要理他們啦。Sunny也說了，媒體的話看看就好。雖然…我知道說得簡單，但聽到那樣講，還是會很難過。」

他苦笑，「呵，媒體和鄉民的話我早就不在意了。我差一點失去太太，我只在乎她，我根本不在乎其他人怎麼說我。」

「也是，別人的評論和自己愛的人相比根本不重要。」我安慰著他，卻彷彿安慰到了自己

「公眾人物就是靠別人的喜歡才能生存啊，說起來也很悲哀，我竟然在這種時刻才選擇勇敢。」

「一點都不悲哀！我覺得你剛剛宣告自己是Sunny老公的那一幕，超級帥的！」

阿凱露出淺淺哀傷的笑容，「可惜她當時沒看到，不然一定會很開心。她總是一直在等我公開。」

「咦？我以為是她不願意公開耶！」

「身為經紀人，我怎麼能讓她在最巔峰的狀態承認自己嫁給一個奇貌不揚的肥宅呢？」不知道怎麼回事，我在阿凱的身上看見了我的影子，「但是Sunny覺得我不夠愛她，所以才不公開。」

「阿凱，你是為了保護她，才選擇隱瞞吧。」

阿凱聳聳肩，似笑非笑：「是啊，我不想讓她聽著自己老公被四處批評，被拿來跟所有過往的緋聞男友比較輸得一蹋糊塗，不想我們的愛情成為電視台拚收視率的狗血新聞。但當我今天意會到，她真的有可能離開我的時候，我才發現是我太自以為是了。我自以為是替她考慮她的感受，而忽略她真正需要的，如果她今天真的走了，我一定會恨自己一輩子沒讓她知道我有多愛她……」

聽著阿凱的心聲，我竟然不自覺掉下眼淚，關於李烈鈞與我的那一段戀情，好像慢慢想通了些甚麼，我就像阿凱，Sunny就像李烈鈞，如此懸殊的戀人面對這麼多考驗，總是自以為是地替對方著想，甚麼都沒說出口。是不是我連掙扎的機會都放棄，李烈鈞覺得被我放棄了呢？會不會他也像Sunny一樣以為我沒那麼愛他，只因為我自以為是地成全呢？

阿凱在差點失去Sunny時終於奮不顧身，拋開旁人的話語，只為了最重要的太太。而我呢？我卻只能在真的失去李烈鈞後才逐漸明瞭。

※

送走康復的Sunny和阿凱，我的打工換宿邁入最後一星期。寒假尾聲旅客暴增，早餐時間廚房手忙腳亂，一刻都不得閒。

「藍小妹，把新的炒蛋端出去給A1客人。外場忙不過來。」

「收到！」早上的餐廳鬧哄哄的，今天天氣晴朗，沐浴在陽光下品嘗新鮮現做的早餐，收集客人臉上幸福的表情也是這份工作最有成就感的時刻。

雙手端出出爐的炒蛋和歐式麵包，側身擠過廚房小門親自出去送餐，來到最靠門的A1桌，差一點沒把炒蛋砸到客人臉上。

「巧音！」

沒錯，是和我撕破臉的子晴，顯然她和我同樣吃驚，隨後我目光看向她同桌的阿佑，一股怒火倏地燃起。

「妳在這裡幹甚麼？」我冷冷地問。

「妳才怎麼在這裡端盤子？」

「我在這裡做甚麼都不干妳的事。」我板起臉說，「而且，妳最好解釋一下為什麼妳會和阿佑一起來！」

「我愛跟誰來就跟誰來！」

「阿芋說的沒錯，妳真的是個賤……」

她再度擺出高傲的表情，「叫妳的主管出來，我要客訴服務態度。」

「巧音，妳先進去。」瀚澤站在我身後，一概溫柔地嗓音阻斷了這次爭執。

當我發現全場用餐的客人都將目光定格在我們身上，這才意識到自己闖了大禍。我低著頭躲進廚房，看著瀚澤鞠躬道歉，內心滿是懊悔、憤怒和難過，為什麼三年多的友情，一夕之間崩壞落得撕破臉的局面？為什麼子晴變得這麼討人厭，為什麼她明明擁有一切卻還不珍惜？

瀚澤走進廚房，我已經做好被罵到臭頭的準備，「老闆對不起！」

「客人對於妳當眾質問她感到很生氣，就算有甚麼深仇大恨，工作還是工作啊。」

「對不起，我這次真的做錯得太離譜了。」

瀚澤爽朗的笑了，「外面的客人我都安撫好了。不過呢……」

我一句話都不敢回，就算瀚澤今天說要開除我都無話可說。

「我是不是提早被開除了……」

他露出逗趣的表情，「我有這麼說嗎？是沈小姐說想要妳親自去道歉。她說妳們之間還有話沒說完。」

雖然不能理解為什麼瀚澤會笑得那麼輕鬆，不過至少沒有給旅店帶來大麻煩，子晴真的是毫不留情，「唉，好吧。以員工的身分跟她道歉，我可以做到。」

他大笑：「真是的，搞不好妳跟她道歉完，會巴不得今天就回台北呢。」

「甚麼意思？」

他擺擺手，「沒事沒事，快去道歉吧！」

我脫下圍裙走出廚房，子晴他們已經用餐完畢離開了。她穿著白色小洋裝和阿佑在外頭草地看海，不知道哪來的膽子，我闊步走向她，這個感情亂七八糟的女人，不問清楚這是怎麼回事我絕不善罷干休。

「沈小姐。我是廚房助理，剛剛很抱歉。」

她回頭，臉上掛著比方才在餐廳裡柔和的微笑，是以前的子晴的樣子。阿佑先出聲打招呼：「嗨囉，妳們慢慢聊，我去樓上拿東西。」

看到他如此燦爛，我可是笑不出來。「除了為了剛才的事情道歉，我們沒甚麼好說的了。」

「真的嗎？剛才不是還鬥志高昂的質問我嗎？」

「剛才在大家面前給妳難堪是我不對，所以我來道歉了。」

「那沒有問題要問了嗎？」

我本想轉身就走，但又按奈不住這口氣，深呼吸，吸氣！

「老實說……有！為什麼妳和阿佑會在這裡？」

她雙手一攤，「當然是來度假啊！」

這傢伙竟然這麼理所當然、心安理得？

「李烈鈞知道嗎？」

「他怎麼可能知道哈哈！不必告訴他呀。」

「妳竟然背著李烈鈞和前男友出來度假？」我越聽越上火，「妳當初把李烈鈞從我身邊搶走，就是這樣背著他和別人出遊嗎？妳有沒有羞恥啊！」

子晴哈哈大笑，「首先，我沒有把他從妳身邊搶走，」講到「搶」字時她還特別用手指勾了一下，「是妳自己拱手讓人的。」

「再來，我和阿佑出遊，不需要對他感到抱歉。」

「不必感到抱歉？背著男朋友偷吃還這麼正大光明？」

「阿佑就是我的男朋友啊！我背著誰偷吃了？」

聽到她這麼說，我都混亂了。現在是甚麼狀況？

「等，等一下，妳說阿佑是妳男朋友？你們甚麼時候復合了？那李烈鈞呢？妳和李烈鈞分手了？」我忍不住拋出一連串問題。雖然很不想承認，但我內心的確暗暗竊喜，他們終於分手了！可是又替李烈鈞感到心疼。

「哈哈，沒有在一起哪來的分手？」

「妳騙人！當初明明就是因為妳介入，李烈鈞才和我分手的！」

「李烈鈞從來就沒跟我在一起過好嗎？」

莫名其妙，前陣子的爭執又算甚麼？我經歷過的那些傷口又是玩笑嗎？

「真的沒在一起嗎？」

「真的呀。」

「那、那妳當時為什麼不說！」我的腦袋陷入渾沌狀態，既生氣又著急，想知道所有事情的真相。

子晴聳肩，「妳從來沒問。」

「你也應該跟我說呀！這件事對我明明那麼重要！」

「既然對妳很重要，那妳幹嘛不主動出擊？」

「我……我不敢問。」

「那就不能怪誰囉。妳得鼓起勇氣，想知道答案要自己去爭取啊。」

「……子晴，妳真的把我弄混了，好，妳說你從來沒和李烈鈞交往過，那當時大家傳得沸沸揚揚，還…還有妳之後在寢室每天講電話，都是演戲嗎？」

海浪的聲音拍打，草地灑水器滋滋作響，在陽光下顯現出一道小彩虹，我的心期待一個豁然開朗的解答。

「大家都這麼說，但妳有親耳聽到我或是李烈鈞這樣說嗎？再說，我後來每天在寢室講電話的對象是阿佑啊！這些妳當時都沒有主動問過我們啊！如果妳有問，我就會誠實告訴妳囉！」

我瞪大眼睛不敢置信，子晴一五一十將前陣子發生的事情都告訴我，包括她大一和李烈鈞告白被拒絕，到後來纏著李烈鈞，最後終於領悟自己對李烈鈞的執著只是出於不甘心，回過頭來才發現阿佑才是早就走進她心裡的人。

「真的是氣死我了！他那傢伙竟然沒把我的美貌看在眼裡！他還說，根本不會愛上我。不過我要強調，不是他拒絕我，是我自己索性放棄的喔！」子晴氣噗噗說。

「可是你們當時真的走得很近！而且他竟然為了妳騙我，這是讓我最傷心和難以釋懷的事……」

「他當然不會告訴你呀。他是怕妳難過，但誰會料到妳竟然這樣想。而且，我還是想不通，妳為何從頭到尾都能悶不吭聲？」

我嘟噥，「誰敢問啊……」

「我覺得你們會分手，妳自己也有很大問題。」

被她突如其來的指責，我激動起來，「我……我做錯甚麼？」

「妳不聞不問，甚至連為他、為自己站出來跟我對抗都不敢，他應該也很灰心吧。」

「但他明明應該理解我的心情啊！他知道我的立場、我這種人的心情的！」我壓抑不住激動的心情。

她笑出來：「巧音，這世界上沒有人應該理所當然被理解的。遇上一個願意理解妳的人，那是對方願意傾心而聽，是妳被眷顧的幸運。就算他真的能理解妳好了，他終究是人，也會有愛得很疲憊的時候啊！」

「可是……可是……他可以告訴我的啊！」

「妳沒有告訴過他妳真正的心情，憑甚麼他也要告訴妳？」

子晴的直接犀利，還是一如往常讓我啞口無言，好，那先不討論李烈鈞：「那……子晴，妳當初是真的想要把李烈鈞搶走嗎？」

她雙手一攤，回答倒是很乾脆：「是啊！我想要他愛我，想要贏得他的肯定。但是到頭來，我發現這些來自於我對勝利的渴望，並不是我真實的情感。」

子晴帶點拗氣地指著我，一副心不甘情不願的模樣，有一瞬間挺可愛的：「說白一點……我就是不服氣輸給妳啦。」

「妳的確各方面都贏我啊，哪一點輸給我了？」

「妳去問問李烈鈞啊！他就是喜歡妳，不喜歡我，條件比妳好有甚麼用呢？到最後竟然還撂下狠話，說就算他跟妳分手了，他也不會愛上我！講到就來氣，哼哼！」

「子晴，謝謝妳出現告訴我這些！」我抓起她的手，內心好激動，幾個月來心中難解的鬱悶彷彿從被堵住的洞口看見一絲絲洩漏進來的天光，「還有，和妳吵架，我很抱歉。」

她恢復子晴風格的傲氣，「哼哼，妳才知道。笨蛋。」

兩個人從相識相愛，到最後走上分手一途，兩人苦果各自承受。

在感情的世界裡沒有絕對的受害者，戀愛像是一場互動角力，個性不同的兩人相互磨合、理解、誤會與衝突，一點一滴共同寫出了故事最後的結局。

一直以來，我都將自己當作受害者，把他對我的包容與體諒視為理所當然，卻從沒問過李烈鈞心裏是怎麼想的，也難怪他感受不到我的在乎。

李烈鈞，我現在就好想告訴你，對不起，我沒有站出來讓你知道我的在乎，我好後悔當時你要準身離開時，連叫住你的勇氣都沒有，就這樣默默地葬送這段感情，卻還以為被埋葬的是渺小的我。

Chapter 20

大四下的學期悄悄展開，身邊所有同學都開始為了未來出社會感到迷茫。寒假一結束，我和子晴回到寢室，一切歸於和平。外表亮麗、社交手腕高超的她進入公關公司實習，聽說阿佑在外頭租房子了，因此子晴變得更少回宿舍，一星期只能偶爾在房裏遇見，又匆匆各自努力。

從墾丁結束打工換宿，我覺得自己在那個吹著強勁海風的岸邊旅店想通了很多，解開了許多心中的死結，意識到自己先前的不作為是多麼的懦弱。回來台北後，我鼓起勇氣打了通電話給李烈鈞，按出通話鍵不到一秒鐘，馬上接通了，我反而還愣了一下，分手時隔三個月聽到手機那端的他的聲音，強烈的想念浮上心頭。

「嗨，我是藍巧音。」我怯生生地說

他的聲音很平穩，「我知道。」

「那個……我有話和你說，可以見一面嗎？」主動出擊從來不在我的練習範圍內，因此正式丟出邀約時我的心臟已經緊張得快爆炸了。

他沉默的那五秒，我手心發汗，連呼吸都不敢輕舉妄動。

「好。」他說。

咖啡廳的服務生帶領我們到四人桌，我心裡本來還抱持著一絲期待，希望李烈鈞會在我旁邊的空位並肩坐下，雖然說在意這種枝微末節根本是替自己找煩惱，但看到他拉開對面的椅子坐下來時，仍是不免閃過一抹失落。

他將頭髮剪得更短了，剛硬的臉部線條多了幾分柔和，他的神情一如往常陽光燦爛，卻保留了幾分小心翼翼與冷靜，分手好像還是昨天的事情一樣，但他和我都已經悄然成為和幾個月前有那麼點不同的人了。

「好久不見，妳好嗎？」他清清嗓子，先是帥氣地打了招呼

太好了，他還是和以前一樣輕鬆開朗，還是一樣關心著我，對吧？看到他自然的神情，原本緊張得心情也放鬆了不少。

服務生前來點餐，「我要一杯冰奶茶！」我看向李烈鈞，「和以前一樣，你要冰拿鐵對吧？」

「一杯冰奶茶，一杯冰拿鐵，這樣就好嗎？」服務生熟練又飛快的寫下餐點，只見李烈鈞有點尷尬的表情，打斷服務生，「不……不好意思，冰拿鐵改成熱紅茶。謝謝。」

服務生離開後，我有一點尷尬。剛剛自己在做甚麼？竟然自以為是地了解他的習慣，隨意地幫他做了決定。

「抱歉，我不知道你不喝冰拿鐵，改喝熱茶了。」

「哈哈，這有甚麼好道歉啦！偶爾想喝喝熱的。沒甚麼，別想太多。」

「突然約我出來，發生甚麼事了嗎？」服務生送上熱茶，他問話的時候依然會盯著我的眼睛，彷彿可以看透我的心思。

「這個寒假我去了墾丁打工換宿，有很多新的體悟。」

「哦，新的體悟，聽起來很棒！我很替妳開心。」

「而且，我還遇到子晴和阿佑。」

他聽到他們的名字，神情先是愣了一下，連忙喝了一口他的熱紅茶，咳了一下：「咳咳，好燙！」

笨手笨腳的，我忍不住笑了出來。

「幹嘛，我被燙到已經很可憐了！你還笑我！」

「哈哈抱歉，我不是故意的。」

他擦擦嘴，「所以，子晴和阿佑有說甚麼嗎？」

「嗯……李烈鈞，我都聽子晴說了，所有的真相。」

李烈鈞沒有回話，我深吸一口氣，「我要跟你道歉。」

他顯然被突如其來的道歉嚇了一跳，沒預期到會迎來這種回答。

「為什麼要道歉？」

「我沒告訴你，當時你害子晴受傷的那一幕，我在球場也看到了。所以，你在照顧她，其實我都知道。」

他依然沒有說話，從他的神情看出他很驚訝。

「還有，我從來沒有主動問起這件事情，並不是因為我不在乎你，而是我太膽小了……我怕我一問出來，我們之間就真的結束了。雖然……最後我們還是分手了。」

他嘆氣，「巧音，妳不需要道歉。對妳說謊的人是我，當大家在議論紛紛時，我也沒能站出來保護妳。當時竟然還有點幼稚，想等待妳的主動捍衛。該說抱歉的是我啊！」李烈鈞不好意思的抓抓頭。

我的心情很好，第一次終於兩人面對面說出內心的話，如果當時能這樣子彼此坦然，將弱點毫不保留地攤開，是否就能一起好好守護對方呢？

「那我們就算扯平了嗎？」

「應該是吧哈哈！對不起，害妳當時那麼難過。」

「從小到大，我很自卑，對外表自卑、對人緣自卑，對所有的我的一切全都沒有自信。子晴罵我，把自己當成悲劇女主角，才會落得分手的下場。」

「子晴講話還真是惡毒啊！妳不要在意她的這些話啦。」

「其實她說得對：因為我把自己當受害者，期待所有人都應該包容我、諒解我，而從沒要求自己勇敢起來，去表達自己的感受。當時我甚麼都沒做，默默地將你拱手讓人，我好像也可以慢慢了解你為何那麼受傷。」

李烈鈞乾笑幾聲，「與其說是受傷，不如說是對自己生氣和沮喪吧。我很氣自己沒辦法成為給妳勇氣的人，很沮喪看著妳受傷時自己不是那個能治癒妳的人。」

聽到他這麼說，不知道怎麼很想流眼淚，「李烈鈞，謝謝你。」

「謝甚麼？」

「當我把自己當成受害者時，謝謝你願意扛起拯救我的責任。我不知道自己原來給你這麼大的壓力……，和我在一起，你也很辛苦吧！」

他再度啜飲一口熱茶，苦笑了一聲：「彼此彼此啦。」

看著李烈鈞，我始終無法忘記和他在一起時經歷的快樂與自在，尤其看到同樣傷痕累累的他，我更想把握機會再好好彌補他！

「李烈鈞，」

他抬頭，「嗯？」

「我們……」

他等待著我說話，「我們……能夠再試試看嗎？」

出乎意料漫長的沉默在席間蔓延，他低頭看著熱紅茶，此時此刻我像個即將被審判的人，等待他的救贖。

「巧音。」

「嗯？你說！」我緊張地等待他的答覆，緊張到快爆炸了！

「我覺得……現在的我們沒有辦法了。」

他的拒絕，讓我啞口無言。

我鼓起勇氣地自白與挽回，被硬生生晾在空氣中，收不回來卻也傳遞不到他的心底。

「為……為什麼？我已經知道之前分手的問題啦！我會改變我自己的。」

「不是這個問題。我不希望妳特別為了我而去勉強自己，現在的我們如果復合了，可能也沒辦法順利。」

「那……我要怎麼做，你才會再喜歡我？」

「……我很喜歡妳啊。不是這個問題。」

「那為什麼……」

「就是因為喜歡妳，才不想要妳再受傷。」

「我不會受傷！從此以後我會當個主動出擊的人，當個不必被你保護的人啊！我會鼓起勇氣，去捍衛對我而言珍貴的東西！我會保護你！」

他皺起眉頭，「巧音，才幾個月，改變需要時間，需要發自內心。」

我忍不住鼻頭髮酸，掉下眼淚：「我已經鼓起勇氣了，那到底還要我怎麼辦嘛……」

他沒有說話。

「我要怎麼做才能讓你再回頭？我還能比以前更喜歡你！」

他從位子上站起來走到我身邊蹲下，幫我擦掉眼淚，手掌和眼淚都溫溫熱熱停留在臉頰。

「巧音，妳要做的是先學會喜歡自己，你才會開始為自己挺身而出。」

我還是在哭，聽不進去他說甚麼，不過李烈鈞低沉又溫柔的嗓音在耳邊輕輕傳來，他輕摸我的頭，「等到未來有一天，當妳已經能為自己挺身而出了，我也會為妳奮不顧身。等到那時候，才是最好的相愛時機。」

李烈鈞目送藍巧音搭上捷運，他騎車沿著市民大道，呼嘯而過的車子剛好能蓋過他的哭聲。不只藍巧音需要時間改變，他也需要變得更成熟、更有肩膀，才能確保自己有能力不讓珍貴的人再因為自己的軟弱受傷。

※

畢業前夕，子晴如願以償留在公關公司工作，阿芋決定報考體育大學的碩士班，而我在面臨一次又一次挫折感十足的面試後，終於順利得到了一份科技公司的人資Offer。

和李烈鈞在咖啡廳複合被拒絕後，我們再也沒有聯繫。那一次聽子晴轉述阿佑說法才知道，他整個寒假都在準備出國念研究所的考試，感冒拖著不看病，最後竟然演變成肺炎，整整住院了一星期。難怪當時要喝熱茶，原來從那天起我們已成為不需要交代喝熱茶背後原因的關係了。

和李烈鈞斷了聯繫後，我只能偶爾從子晴和阿佑那邊輾轉聽到他的消息，不過畢業後阿佑選擇先去當兵期間，子晴在公司遇到一個對她百般照顧的前輩，於是兵變了。

大學畢業的22歲夏天，以前每天睡在同一間寢室的朋友，眼前的路開始分岔，曾經牽手走在校園的男孩，也被時間推移著前進，各自分道揚鑣。我們都要學著成為一個真正的大人，在未來迷茫的道路上摸黑前行，不知道生活終將變成甚麼模樣。

Chapter 21

緣分是很有意思的一個詞，它有時候能給人積極的希望，有時候卻只夠讓消極的人給自己一點安慰。所以我們將一切的失敗、一切無法靠自己力量爭取而來的東西，都一句話丟給「有緣無份」作為一個聊表欣慰的結論。

李烈鈞出國去讀書了，四年了，算一算應該也順利拿到碩士開始工作了。我試過聯繫他，但他台灣的手機號碼已經停用，ＰＴＴ也沒有他活動的紀錄。我一直在等待他所謂的那一天來臨，在音訊全無的狀態下，我只能相信等到緣分到了那一天，我們終將相遇，我只能這樣安慰自己。也許相信著緣分，就代表還沒認輸，只要還沒認輸，我就能假裝相信我們仍會重逢。

「走啦巧音姊，既然聯誼都沒用，我們只好去月老廟跟祂老人家求個緣分嘛！」

拉著我不放的是坐在我隔壁的人資同事樂樂，今年剛從大學畢業，典型的22歲社會新鮮人，樂天衝動，充滿正義感，對辦公室戀情還抱持著夢幻憧憬。樂樂長得玲瓏精緻，缺點就是太三八了，所以即便她一進公司引起研發部工程師哥哥們的轟動，相處後大家就將她當自家妹

妹，感情的事還是算了吧。

我啃著雞腿便當，「緣分這種事，我早就不指望了啦。還是靠自己最實在。」雖然嘴上這麼說，但可笑的是緣分是我這種人唯一能依靠的東西。

「藍巧音！下個月員工團體聚餐餐廳清單列好了沒？下午馬上交出來！」人資部大姐頭姚姊在座位大喊，我馬上放下準備送進嘴裡的滷白菜，「遵命姚姊！」

「嘻嘻，剛剛還說要靠自己。馬上被塞份外工作了齁！」社會新鮮人還有個很常出現的通病，就是裝熟又白目。

我瞥了一眼樂樂，「哼哼，要妳管。」

「齁唷，這個假日不如就一起去月老廟拜拜嘛！妳難道都不想交男朋友嗎？」樂樂繼續死纏爛打，「想是想啊，但又不是拜了月老就有用。」

「可是聽說迪化街那間很靈驗耶！走啦走啦！」

那間當然靈驗啊，我可是親身體會過呢。但我沒有說出口，「不要，假日我要在家追日劇睡個好覺。」

樂樂沒好氣地嘟嘴，「真是的，希望我26歲時不要像妳一樣放棄自己！」

「妳懂甚麼，等妳到我這種年紀，妳就會知道比起整天想著戀愛，假日好好犒賞自己才是真正的享受啦！」

人資的工作說穿了很繁瑣，從面試新人到員工福利通通包辦，小小7人的人資部要經手全公司五百多人的人事業務，每天從早忙到晚上十點多是家常便飯。做這份工作也四年了，公司雖然忙碌，但我很喜歡人資這份工作，和不同的人接觸是我的工作，我發現自己對於傾聽員工需求還挺得心應手，因此在工作上算是小有成就吧！得到上級肯定，四年內也從小小的專員升遷到人資部副理了。

出社會後稜角被磨平，待人處事的身段也越來越圓融，也許是經過社會歷練淬礪，對於自己的工作權益我也比較敢跳出來為自己講話，同事對我身材的揶揄，某天我發現自己竟然能自我解嘲，貽笑大方了。

每當我遇到不順心或是不公平的事情，自卑感悄悄湧現時，李烈鈞那天在耳邊溫柔的那句話，就會跳出來鼓勵我：「等到未來有一天，當妳已經能為自己挺身而出了，我也會為妳奮不顧身。」李烈鈞啊，我好像也進步了喔，那一天是不是快要來到了呢？

「巧音姊，妳有想過要減肥嗎？」星期一早晨是所有上班族最痛恨的日子，白目樂樂為什麼就是不肯放過我！

我飛快的打著鍵盤，隨便敷衍她：「有啊，但從沒實行過。我現在覺得這樣也挺好的，想吃啥就吃啥，不用像行銷部那些緊身褲仙女一樣吃飯前還要計算卡路里。」

「妳看得真開。對了，我跟妳說！月老廟真的很靈驗！」

「怎麼說？妳拜了立即見效嗎？」

早上十點半，樂樂還在吃她手上的饅頭，現在的年輕人真的是過得好放鬆啊！

她嘴裡含糊著饅頭，「我周末跟英國回來的表姊一起去拜月老，我還特別認真跟月老爺默念了我的擇偶條件三次！一字不漏地念了三次喔！」

「然後呢？」

「然後我當天晚上馬上遇見完全符合所有條件的白馬王子耶！！」

「這麼神奇？那有搭上話嗎？」

講到白馬王子，樂樂的少女心全開，「晚上我跟著表姊一起去參加她英國留學時的朋友聚會，大部分都是一些已婚大叔，本來還想提早走人的，結果後來他的學弟來了，My God，超、級、帥！」白馬王子登場，搭配她超高頻的聲音，我真想馬上叫她閉嘴。「完全不是我在誇張喔，身高180幾公分，完美的倒三角形身材，腿又長又直，然後眼睛無時無刻都在放電，一笑起來我真的馬上被電暈！」

「最好是這麼誇張哈哈哈！」

「真的啦，然後又非常有禮貌，我整場聚會都一直纏著他講話，而且啊……」

「怎樣？」

「而且人家那天還穿一個V領低胸，他都不為所動耶！真是正人君子。」

我克制不住翻白眼的衝動，「拜託，妳穿低胸去拜月老幹甚麼？」

「哎呀這不是重點啦，年輕就是本錢嘛。重點是那個叫做Ivan的大帥哥，連看我的胸部一眼都沒有。搞不好他是同志也說不定……」

「隨便妳，不管他是不是同志都不干我的事啦。」

樂樂沒聽出我想結束話題的意圖，繼續自顧自分享她的花癡行徑：「齁！巧音姊，妳真的會單身一輩子！我跟妳說，直到聚會結束時我還是不放棄Ivan，剛好他才從英國搬回台北，準備找工程師的工作，我就很機警地把我的名片遞上去了！」

「妳遞上去幹甚麼？」

「當然是邀請他來應徵我們公司的工程師啊！」

我真的會被她打敗，「問題是，我們公司又沒開工程師的職缺！妳叫人家來幹嘛？當人資嗎？」

「咦？我們部門有要招人嗎？」

我沒好氣地開了惡毒的玩笑話：「等到妳被開除了，就有缺了。」

「巧音姊！！！」

※

星期四下午一點半是公司固定面試的時間，難得今天我手上沒有負責任何應試者，正在外頭的麵攤清幽地吃著榨菜肉絲麵，打算兩點午休結束再回去，突然公司門口的總機來電。

「喂？Cindy？是，在外頭吃午餐，怎麼了嗎？」

Cindy滿臉花癡地看著站在公司門口，打著領帶的這位應試者，差點連話都說不好。

「巧音姊，今天中午有面試妳忘記了嗎？」

我一頭霧水，「甚麼面試？我不記得我有發面試邀請啊！」

Cindy在話筒那一頭咕噥，「嗯嗯，許常樂小姐……」

「巧音姊！是樂樂安排的面試啦！」

我看著坐在我對面和牛肉麵自拍的樂樂，心中真是滿腔怒火，「好，嗯，麻煩妳請他等我十分鐘。我馬上回去處理，好，謝謝。」

「許常樂！妳甚麼時候約面試了！」

樂樂也是滿臉問號，「妳是不是有安排面試？」

「有嗎……啊！有耶！完蛋了！」

「是誰？面試甚麼職位？」

「就是那個大帥哥Ivan啊！他昨天把履歷寄到我的信箱，我二話不說馬上安排今天的面試！」

我草草付了錢，準備幫她處理這攤鳥事，樂樂顯得有點慌張：「巧音姊，妳不吃麵了嗎？」

「我要趕回去面試妳的Ivan大帥哥。」

她丟下筷子，「怎麼可以！那是我的大帥哥耶！」

「不能面試大帥哥，就是給妳最大的懲罰。再說，妳要我怎麼去面試一個根本沒有缺的職位？妳再這樣兩光，就等著被開除！許常樂。」

「還有，馬上把他的履歷轉寄給Cindy，請她列印出來準備好！」

我擦擦嘴邊的油光，正中午跑回公司還真是狼狽，匆匆跑進前台。

「Cindy，面試者的履歷印了嗎？」

我伸手，Cindy指著會議室：「剛才研發部總監升哥進門看到應試者，好像是認識的人，所以就先帶他進去裡面等妳了。履歷我直接交給升哥了，反正他也是研發部面試主管吧？」

我真是想搥死自己，面試前一秒還沒看過面試者的履歷，連他叫甚麼名字都不知道，這算哪門子的人資？等面試結束，我一定要叫樂樂補請我一頓大餐！

我敲敲會議室的門，升哥來幫我開門。

這一刻，我才相信緣分是真的存在。緣分是遵循莫非定律的，妳等待時它遲遲不來，在毫無預警的情況下卻又讓妳措手不及。

李烈鈞坐在會議室裏頭，看起來比以前更成熟了，身材更挺拔，多了幾分沉穩的男人氣息。眼神在進門前的瞬間交會，彼此的眼裡糅合著許多情緒，我曾在腦海裡想像過各種相遇的時刻，卻沒有料到會是在這種不適合夾雜私人情感的場合。

升哥介紹我，「這是公司的人資副理，Ivan是我當年去英國自助旅行認識的朋友，沒想到會在門口碰見。真的是有緣啊！」

他站起身，我和他握了手，手掌依舊厚實溫暖。

「嗨，好久不見。」

「是啊，不好意思，讓你久等了。」我體內的溫度節節升高，這一切都來得太唐突了，久別重逢，為什麼非得讓李烈鈞看到現在這種狼狽模樣？

他揚起燦爛的笑容，「真的等了這一刻好久了。」我聽出他話中的意思，臉上不自覺泛起紅暈。我不知道此時此刻他的心情是如何，但我是快要爆炸了啊！好想知道他這些年過得好不好、想知道他的新生活、想知道關於他所有所有的一切……想告訴他我好想他！藍巧音，鎮定。拿出你的專業來，不要跟著砰砰亂撞的心跳亂了手腳啊。

打完招呼後彼此坐下來，我清清喉嚨，「首先呢，我得先跟你道歉，其實我們公司並沒有工程師的新職缺。」

「嗯，這個升哥剛才有先告訴我。」

「不過我們還是可以進行面試，如果有出現適合你的職缺，我會馬上通知你。」

我快速瀏覽著李烈鈞的簡歷，原來去了英國曼徹斯特攻讀資工碩士，還在英特爾工作了一年半。然後，令人鬆一口氣的，未婚。

「你在英國工作了一年半，怎麼會想回台灣？」我問。

「英國的環境很競爭，這些年我成長了很多。我出國讀書的目標，從來不是留在國外生活，而是變成更成熟、眼見更開闊的人回來。現在，我覺得我準備好了，所以決定回來台北。」

「你對未來的工作有甚麼期待？對未來五年有甚麼規劃嗎？」

他直勾勾地盯著我，「未來五年，我想結婚。未來的工作只要能讓我的家人幸福快樂就好。」

不要再這樣子了李烈鈞！這是在面試，不是調情大賽呀！我想馬上結束這次的面試，然後不管甚麼專業了，只想跟他好好敘舊。

後半段讓研發部主管升哥進行面試，我先離開去準備下午的主管會議，臨走前我和李烈鈞再度握手，「李先生，有任何消息我會隨時聯繫你。謝謝你今天來！」

他對我微笑，「沒問題，我隨時準備上工。」

下午的主管會議我完全無心投入，回憶像是跑馬燈一樣閃過，不知道李烈鈞面試結束沒？他是不是離開這棟大樓了呢？冗長的會議一路開到下午五點才結束，一散會我馬上直奔會議室，已經結束面試了。我走向Cindy，「剛才面試的人離開了嗎？」

Cindy露出會心的賊笑，「巧音姊，很帥齁！我也好想多看幾眼喔！可惜他一小時前和升哥一起出去了。真希望他會錄取成為我們的同事啊！」

「Cindy謝謝。」

我飛快地回到我的辦公桌翻找出李烈鈞的履歷表，心急地撥打上頭的聯絡電話。

我邊等待電話接通，腳步快速地走向電梯，匆匆忙忙地擠上電梯下樓到大廳，人來人往沒有李烈鈞的身影，此時電話終於通了。

「喂？您好。」

「李烈鈞！我是藍巧音！你在哪裡？」

他爽朗的笑聲傳來，「你猜啊！」

這種時候他還有心情開玩笑，「不要鬧！你在哪裡啦？」

「我要去相親。」

「相親？你在開玩笑嗎？」我在大廳對著電話大吼。

「哈哈哈沒有啊，是真的。我媽媽要介紹朋友的女兒給我認識。」

「你為什麼要相親！你不准去！不、准、去知不知道！」

李烈鈞在電話那頭笑得更開心了，「巧音，能這樣和妳重逢真好。一定是緣分。」

「你既然相信緣分，就不要去甚麼亂七八糟的相親了嘛！」

「哈哈哈藍巧音，妳幹嘛阻擋我的姻緣路？」

我衝到公司門口，站在戶外的噴水池旁大喊，「李烈鈞，你真的不准去！聽到沒有？你人在哪裡？」

我聽見他的聲音背後有捷運板南線廣播的聲音。這傢伙竟然真的離開公司了？竟然沒想過要等我見一面嗎？

「藍巧音，我們再約個時間敘敘舊吧。」

「我這次不會放過你的！」

他笑得狂妄，但是心滿意足，「我知道啊，我準備好了。」

※

升哥真的像變魔法一樣騰出了個熱騰騰的工程師職位，作為人資我可是沒有半點私心，李烈鈞的確很有能力，一進公司馬上成為重要專案負責人。除此之外，他還是女同事間無所不用其極攀關係的天菜，這點他不論是學生時期或是出社會後都沒變。

「挪，幫你買的雞腿便當。」我提著便當到他座位上，他還在埋頭寫Code。

「謝謝，被那些行銷部的妖精們看到妳就完蛋了。」

「哼，在學校談戀愛已經夠辛苦了，沒想到在辦公室跟人氣王戀愛更累。」

「哈哈哈，沒辦法，誰叫妳男朋友是個大帥哥呢。」

「少臭美。晚上的年度聚餐你應該會去吧？」

公司每年度會舉辦一次員工聚餐，就像是職員版的同樂會，除了新人會準備表演節目，公司的老闆們也都會出席發放獎金激勵員工，每每不醉不歸。

「當然啊，妳籌備的這麼用心，我當然要去給妳支持。」

和李烈鈞多年後重新在一起，心情很不一樣。我們的相處方式比以前更成熟，但依然樂趣滿滿。我自己很喜歡這種舒服的關係，可能因為在職場上找到自己的自信心，儘管他在同事間依然很受歡迎，但我也不會再那麼沒有安全感了。這點他常常說，他終於放心不少。

年度聚餐辦在五星級大飯店，李烈鈞和幾位新人表演的舞蹈受到大好評，甚至得到新人表演組的第一名獎金。這次在全體員工面前出盡鋒頭，連平常沒接觸到他的部門同事也紛紛討論起他。

他在研發部桌玩鬧得很開心，好幾個不同部門的女同事圍著他，急著找他聊天。身為工作人員的我忙著招呼大家，看見行銷部妖精們叫我幫那桌補幾瓶紅酒，雖然很想翻白眼，但畢竟是工作，只有忍了！

「Ivan，那你有沒有女朋友呀？」

李烈鈞被灌了幾杯酒，臉也有點脹紅，「有啊！當然有。」

「哇，那她一定是個大美女吧！」

「沒有沒有，不算特別漂亮啦！」

「不好意思，幫你們補上三瓶紅酒！」我大呼一聲，碰地放在桌上，「嚇死人呀巧音姊，給個紅酒這麼粗魯。」

我看著微醺的李烈鈞，「我也很好奇，你女朋友不漂亮嗎？」

李烈鈞搭上我的肩膀，再對著女同事們宣布：「來，大家看看，我的女朋友來了！」

大家酒過三巡，情緒高漲，用驚呼聲取代靜默，「騙人！巧音姊怎麼可能是你的女朋友啦？是巧、音、姊耶！公司的酷斯拉大姊！」她還用手指畫出我的肥胖身材。

我本不想計較，但聽到行銷部小妖精這樣鄙視的口氣，姊實在忍不住，我叉著腰說：「怎麼不可能？來，我告訴妳們，李烈鈞就是喜歡這樣的身材！」

「少騙了啦！巧音姊妳也喝多了齁？不要開玩笑，對自己太有自信了齁。」她們哈哈大笑，我也是滿不在乎，「要比自信，妳們這些行銷小妖精給我聽好，全場500人裡，談到喜歡李烈鈞，我喜歡他邁入第6年了，沒有人比我、更、有、自、信！」隨著音量加強，我的戀愛宣告式氣勢滿點，李烈鈞摟抱著我，眼神裡有滿滿的驕傲，接著他當眾親了我一下。

「你發神經嗎？」我說

他露出可愛的微笑，「我說過了，當妳為自己挺身而出，我也會為妳奮不顧身。」李烈鈞，我不是為了自己挺身而出，你也不是為了我奮不顧身，這一切都必須是為了我和你，只有這樣的你，這樣的我相遇成為「我們」，才有可能實現。

※

「李烈鈞！你快點看看鏡子裡的我！」

他睡眼惺忪地走進浴室，我倆並肩站在鏡子前，一起刷牙。

「怎麼了？」

「又長了一顆大痘痘了啦！」

「有甚麼關係？我還長出一根白頭髮了耶。」

鏡子裡的我滿臉痘痘，皮膚呈現髒髒的黑、五官平坦不精緻，還滿臉贅肉，是一隻不折不扣的醜小鴨。

鏡子裡的李烈鈞，有著深遂的眼眸，堅挺的鼻梁，還有好膚質，講話的嗓音好聽到可以去當電台主持人。187身高不僅修長，該有的肌肉一點也沒少。

看著鏡子裡並肩刷牙的彼此，我們帶著微笑互道早安。

「早安，老婆。」

「早安。」

「就是今天了。」他看著我，擁抱我。

「是呀。」我望向掛在浴室裡那件婚紗，當然不是當年在櫥窗內的魚尾裙，而是特大尺碼訂做的婚紗，但無所謂，反正不管甚麼尺碼，能穿上婚紗的人都是最美最幸福的。

他穿上西裝，綁上領結，露出緊張的微笑。

我知道，未來的每一天早晨，當我和李烈鈞站在鏡子前，看到的和十年前各自在宿舍鏡子裡的模樣都一樣，但我們都明白，一切都已經不一樣了。

（全文完）

【後記】

人生裡有一種難得相遇，是你花了閱讀一本書的時間，和我寫了一本書的時間，在一次次地翻頁中無聲地說說話。

謝謝親愛的你讀完《橙黃橘綠時，才說愛》。

甚麼是說愛最好的時機？

是真正的我，望著真正的你，心裡有無限平靜與安定的時候。

我小時候不喜歡自己。常常在羨慕別人，心裡老是忍不住想著：「要是我變成她就好了。」自卑是感覺到自己擁有的特別渺小、別人手裡擁有的無限巨大的時候，一不小心便覺得委屈。

這種羨慕也經常蔓延進我的戀愛中。我曾經交往過一任男友，從交往初期就老是看著別對情侶的相處模式，整天對他嘮叨，別人的男友做了甚麼、別人的女友又是怎麼樣的，久了對方有一天突然說：「妳是不是不喜歡和我在一起的自己和我？妳老是嫌棄自己，好像我的眼光很差一樣。」我才發現原來我的羨慕，我的自覺渺小，讓身邊愛我的人要用更大的氣力來支撐我。

戀愛是用兩人三腳跑馬拉松，一人逞強兩人跌跤，不必各自追求完美，更要完整的兩人一起邁步朝同一個方向前進，沒有誰超前落後，沒有妳追我跑，正如藍巧音和李烈鈞說的：「誰也不追誰的，一起走吧。」一起走的時候，沿途風景就不再是擁擠賽道。

自卑的人很辛苦，愛著自卑的人也是人；羨慕別人很辛苦，被羨慕的人同時羨慕著別人，只要是人，就有感到辛苦的時候。這個世界沒有完美，但有完整，能用一個完整的自己，去珍惜另一個完整的人，這樣的時機點兩個完整的人相遇，就是何其幸運。

這是一個很簡單的愛情故事，斷斷續續這樣寫過了十年，我從當年非常容易羨慕別人的少女，變成珍惜完整狀態的自己。

我要特別感謝李欣鴻，在我想放棄、懷疑自己的無數夜晚，載著我到咖啡館、書店挑燈夜戰，告訴我：「開始一件事情不難，堅持下去才是最難的。妳要繼續寫下去，直到一天把自己的書握在手裡。」謝謝曾經陪我絞盡腦汁，一起構思故事劇情的表哥、好朋友們，用無數對談一起完整了這個故事。

謝謝在橙黃橘綠時，讓我心生平靜說出愛的S，讓這個故事別具意義。

謝謝我的家人，讓我能夠成為幸運追求夢想的女孩，教會我如何對這世界保持感激。

謝謝我世界上最愛的妹妹，從小時候睡前聽我天馬行空，到現在成為第一個知道這本書誕生的人，妳的快樂就是我的快樂，妳的存在讓我的人生不再孤單。

最後要致上無比感謝給秀威出版和編輯齊安，給予無限支持，讓這本書能夠誕生，讓我有機會說故事給這個世界聽。

謝謝把這本書握在手裡的你／妳，希望不枉此生，從此幸福完整。

2020/6/9 23:22台北

要青春69　PG2449

要有光
FIAT LUX

橙黃橘綠時，才說愛

作　　者　劉昱萱
責任編輯　喬齊安
圖文排版　蔡忠翰
封面設計　蔡瑋筠

出版策劃　要有光
發 行 人　宋政坤
法律顧問　毛國樑　律師
印製發行　秀威資訊科技股份有限公司
114台北市內湖區瑞光路76巷65號1樓
電話：+886-2-2796-3638　傳真：+886-2-2796-1377
http://www.showwe.com.tw
劃撥帳號　19563868　戶名：秀威資訊科技股份有限公司
讀者服務信箱：service@showwe.com.tw
展售門市　國家書店（松江門市）
104台北市中山區松江路209號1樓
電話：+886-2-2518-0207　傳真：+886-2-2518-0778
網路訂購　秀威網路書店：https://store.showwe.tw
國家網路書店：https://www.govbooks.com.tw
總 經 銷　聯合發行股份有限公司
231新北市新店區寶橋路235巷6弄6號4F
電話：+886-2-2917-8022　傳真：+886-2-2915-6275

出版日期　2020年7月　BOD一版
定　　價　320元

版權所有・翻印必究（本書如有缺頁、破損或裝訂錯誤，請寄回更換）
Copyright © 2020 by Showwe Information Co., Ltd.
All Rights Reserved

Printed in Taiwan

國家圖書館出版品預行編目

橙黃橘綠時,才說愛 / 劉昱萱著. -- 一版. -- 臺
北市 : 要有光, 2020.07
面 ;　公分. -- (要青春 ; 69)
BOD版
ISBN 978-986-6992-50-6(平裝)

863.57　　109008456

讀者回函卡

感謝您購買本書，為提升服務品質，請填妥以下資料，將讀者回函卡直接寄回或傳真本公司，收到您的寶貴意見後，我們會收藏記錄及檢討，謝謝！如您需要了解本公司最新出版書目、購書優惠或企劃活動，歡迎您上網查詢或下載相關資料：http:// www.showwe.com.tw

您購買的書名：________________________________

出生日期：________年________月________日

學歷：□高中（含）以下　□大專　□研究所（含）以上

職業：□製造業　□金融業　□資訊業　□軍警　□傳播業　□自由業
　　　□服務業　□公務員　□教職　□學生　□家管　□其它____

購書地點：□網路書店　□實體書店　□書展　□郵購　□贈閱　□其他

您從何得知本書的消息？

□網路書店　□實體書店　□網路搜尋　□電子報　□書訊　□雜誌
□傳播媒體　□親友推薦　□網站推薦　□部落格　□其他________

您對本書的評價：（請填代號　1.非常滿意　2.滿意　3.尚可　4.再改進）

封面設計____　版面編排____　內容____　文／譯筆____　價格____

讀完書後您覺得：

□很有收穫　□有收穫　□收穫不多　□沒收穫

對我們的建議：________________________________

____

____

____

請貼
郵票

11466
台北市內湖區瑞光路 76 巷 65 號 1 樓
秀威資訊科技股份有限公司 收
BOD 數位出版事業部

（請沿線對折寄回，謝謝！）

姓　　名：＿＿＿＿＿＿＿＿　年齡：＿＿＿＿　性別：□女　□男

郵遞區號：□□□□□

地　　址：＿＿＿＿＿＿＿＿＿＿＿＿＿＿＿＿

聯絡電話：（日）＿＿＿＿＿＿＿＿（夜）＿＿＿＿＿＿＿＿

E-mail：＿＿＿＿＿＿＿＿＿＿＿＿＿＿＿＿